JN287309

圭の唇までは、あと十センチもなかった。

進むことも引くこともできず、翔太の頭の中が真っ白になる。

そんな翔太に、圭がぱちりと目を開けた。

「いつまでそうしてんの？」

「い、いつまでって……、わっ」

圭がスッと、腕を伸ばす。

（本文P.188より）

Chara

男子寮の王子様

田知花千夏

キャラ文庫

この作品はフィクションです。
実在の人物・団体・事件などにはいっさい関係ありません。

目次

口絵・本文イラスト／高星麻子

「翔《しょう》ちゃん、圭《けい》ちゃん。ふたりとも、ただいまは？」

階下の台所から祖母に声をかけられ、玉井翔太《たまいしょうた》はぎくりと立ち止まった。

階段のちょうど真ん中。忍び足でこっそりと二階の自室に向かっていたのだが、どうして気づかれたのだろうか。翔太より二段上をのぼる同い年の従兄弟《いとこ》、一ノ瀬《いちのせ》圭が、ちらりとこちらを振り返り、見下ろした。

華奢《きゃしゃ》で女の子のような従兄弟はまるく愛らしい目を伏せて、困ったようにランドセルのベルトを握りしめている。翔太は腕にできた掠《かす》り傷を長袖《ながそで》で隠して、そのまま部屋に逃げ込もうとした。けれど圭は、そこから一歩も先に進まない。

「圭、早くのぼれって」

小声で告げるが、やはり圭は動かなかった。まごついているうちに、階下からパタパタと足音が聞こえてくる。

翔太は観念して、一階へと引き返した。圭を引き連れるようにしてのろのろと階段を降りると、ちょうど、割烹着《かっぽうぎ》で手を拭《ふ》きながら祖母の悦子《えつこ》が現れた。

「翔ちゃんったら、また学校のお友だちと喧嘩《けんか》したんでしょう？」

「……してないよ」

「本当に？」

怒ったようにしながらも、穏やかな祖母の目尻には笑い皺《じわ》がくっきりと刻まれている。

「そうやって、ふたりでこっそり家に帰ってくるときは、なにか後ろめたいことがあるときだものね。……再来月《さ》にはもう中学生だから、喧嘩はしないってお祖父《じい》ちゃんと約束したのに、忘れちゃったのかしら？」

翔太と圭の祖父である巌《いわお》は、昨年定年を迎えるまで警察畑ひと筋という厳格な人だった。曲がったことが大嫌いで、躾《しつけ》には非常に厳しい。

翔太が約束を破って同級生と喧嘩をしたと知ったら、間違いなく説教が待っているだろう。孫に手を上げるような祖父ではないが、静かながらせつせつと諭す口調には迫力があり、想像するだけで震え上がった。

追い詰められて目線を泳がせる翔太から、悦子はその後ろに立つ圭に目線を移した。

「圭ちゃん、本当はどうなの？」

「……翔太は、悪くないんだ。僕の代わりに怒ってくれただけだから」

「あっ、圭！　バラすなって！」

悦子に視線で制され、翔太はうっと言葉につまる。

しかしすぐに開き直り、忘れてないけどと訴えた。

「だって、あいつら、また圭に悪口言ってきたんだぜ！　……死んだおばさんのこと、めちゃくちゃ悪く言って」

「……だからって、お友だちに手を上げていい理由にはならないわ」

「圭に嫌がらせするヤツなんて、友だちじゃない！　それに、親がいないのはおれだって一緒なのに、あいつら、おとなしい圭にしか言わないんだ」

そう言って顔を逸《そ》らす翔太の向かいで、悦子の表情からかすかに明るさが消える。

けっきょく、それ以上叱《しか》られることはなかったが、巌に内緒にする代わりにと庭の倉庫の掃除を言いつけられてしまった。

翔太は渋々ランドセルを部屋に置き、スニーカーの踵《かかと》を踏んで倉庫へと向かう。

（おれは、なにも悪いことなんてしてない。圭を守るのは、おれの役目なんだから）

外にはちらちらと雪が舞っていた。

さっきまでは晴れていたのにと、白い息を吐いて空を見上げる。納得がいかないまま倉庫の扉を開けると、ムッと舞い上がる埃《ほこり》にくしゃみが出た。

――翔太と圭は、一ノ瀬の祖父母の元で暮らす従兄弟同士だ。

ふたりの母親が姉妹で、翔太の母親が姉、圭の母親が妹だった。そのどちらもが、すでに儚《はかな》い人となっている。翔太の父親も同じで、物心がつく前に、母親とともに交通事故で他界していた。玉井という翔太の姓は、父親の苗字だ。

両親を亡くしてからずっと、翔太は祖父母と生活していた。けれど圭がこの家にやってきたのは、今から三年とすこし前、小学三年生の秋のことだ。

翔太がたったひとりの従兄弟に会ったのは、その日が初めてだった。

それまで、自分に従兄弟がいることすら知らなかったのだ。そもそも、母親に妹がいたということも初耳だった。

叔母は若いころから素行不良で、この小さな町では、よく噂《うわさ》の種になっていたそうだ。特に厳格な祖父と折り合いが悪く、高校卒業と同時に家出同然で家を飛び出したのだと後になって知った。

そうして長い間行方知れずだった叔母が、病で余命を宣告された体となり、父親のわからない男の子を連れて十数年ぶりに帰ってきたのだ。祖父母が圭の存在を知ったのも、このときらしい。

そのため、一ノ瀬家や近所では大変な騒ぎとなった。普段口数の少ない巌がめずらしく声を荒らげ、悦子もひどく泣いていたことを覚えている。

翔太はひとしきりくしゃみをしてから、倉庫の中に視線を巡らせた。

しばらく放置されていた倉庫には荷物がぎっしりつめこまれている。

（これなら、祖父ちゃんに叱られたほうがマシだったかなぁ）

うへぇ、とたまらず舌を出すと、ふいに後ろから名前を呼ばれた。

振り返ると、そこには圭が立っていた。

「……腕の怪我《けが》、痛くない？」

「ああ、こんなのぜーんぜん！」

あっけらかんと答える翔太に、圭がほっとしたように微笑《ほほえ》んだ。その笑顔にドキリとして、先ほどまでのうんざりした気分が嘘《うそ》のように晴れていく。

しかし圭はすぐに目を伏せ、遠慮がちに口を開いた。

「ねえ、翔太」

「ん？」

「学校では、僕のこと、気にしなくてもいいんだよ」

思わず、手を休めて圭を見返す。

「いつも言ってるでしょう。休み時間だって、本を読んでたらあっという間だって。それに、翔太といると、目立つから」

今日だけではなく、圭はしょっちゅう同級生たちのからかいの対象になっていた。

翔太とは仲のいい友人たちも、圭にはつらくあたってばかりいる。この町に来てからもう三年も経つのに、なかなか馴染《なじ》めずにいる圭が意味もなく気に入らないようだ。圭が小さな体で、言い返す性格でないことも、からかいやすい理由なのだろう。

そして、そんな圭を守るのは、いつも翔太の役目だった。

「そんなこと言ったって、放っておけるわけないだろ」

圭の遠慮が、ひどく歯がゆい。圭を守りたいと思う理由は、なにも、従兄弟としての責任からだけではないのだ。

あのさ、と、翔太ははにかみながら口を開いた。

「あいつらのことなら、本当に気にしなくていいんだぜ。……だって、おれが圭と一緒にいるのは、……おれが、そうしたいからだし」

そう言って、一気に耳まで熱くする。

翔太は、圭のことが好きだ。

――恋をしているのだ。

正直に言うと、翔太の圭への第一印象は、少々複雑なものだった。

叔母とともにこの家に騒動を持ち込んだ張本人という印象が強く、圭との距離をどう取ればいいのかわからなかったのだ。それに、控えめでおとなしい圭と、弾けるポップコーンのような落ち着きのない翔太とでは、遊びひとつを取っても好みが合わない。

それでも一緒に暮らしはじめると、圭の穏やかな性格や愛らしい笑顔に、翔太はすぐに夢中になった。

だから翔太には、圭の良さがどうして他の人に伝わらないのかが不思議だった。

圭は優しくて可愛《かわい》い。成績だってクラスの中でずば抜けて優秀だ。思いやりもある。だから、実は女子には人気があった。華奢で女の子みたいな圭だが、他の男子とはちがって、ひとりだけ落ち着いていて言動が大人なのだ。

　翔太は照れる気持ちを抑えて、さらに続けた。

「みんなガキだから、圭に嫌なこととかいろいろ言うけど、あんま気にすんなよ。いっつも笑顔でみんなに優しいとこ、おれはすげーって思ってるんだぜ。圭のそういうとこ、めちゃくちゃ好きだし」

　ふっと、圭の瞳が揺れる。

「……本当にすごいのは、翔太のほうだよ」

「そんなわけないじゃん。おれなんて、いっつも怒られてばっかなのに」

「ううん。僕なんかより、ずっとすごい」

　褒められたことに顔を赤くすると、圭がふわりと目を細めた。

　そんな笑顔にも、翔太の胸が大きく弾む。圭は翔太にとって、守るべき存在で、ある意味、お姫様だった。周りが圭につらく当たるほど、自分が圭を守り、支えてあげたいという気持ちが大きく育っていく。

　圭も言葉にはしないが、翔太が好きだと言うと、いつも甘くとろけるような笑顔を返してくれた。その笑顔に隠された愛情に、翔太の胸はいっぱいになる。

（こういうの、ソウシソウアイっていうんだよな）

　くすぐったい気持ちでそんなことを思っていると、圭がにこりとして翔太に告げた。

「そうだ、翔太に言わなくちゃいけないことがあるんだ」

「え、なに?」

さっき届いたんだと、圭が一通の封筒を差し出す。

「結果がわからなかったから、お祖母《ばあ》ちゃんたちにも言わないでもらってたんだけど、先月、私立の中学を受験してね。ちょっと遠いけど、中学と高校は寮があるから」

封筒に印字された博修《はくしゅう》学院という学校名は、翔太には覚えのないものだった。

――中の用紙には、大きく『合格通知書』の文字がある。

突然のことで、翔太はきょとんと圭を見返す。圭が遠くの学校を受験していたなんて、まったく知らなかった。

「だから、中学からは別々になるね」

圭はいつもと変わらず優しく笑っている。

雪がいっそう強くなり、体の真ん中までひやりとした。

圭と離ればなれの三年間を想像し、意識が雪に攫《さら》われそうになる。訊《き》きたいことがたくさんあるはずなのに、頭が真っ白になって言葉にならない。

中学も高校も、これからもずっと一緒だと思っていたのに、内緒で遠くの学校を受験していたなんて。どうしてなにも教えてくれなかったのかと、大好きな圭に裏切られたようで胸が張り裂けそうになる。

それでも翔太は圭の気持ちを思い、湧《わ》きおこる哀しさや不満をぐっとのみこんだ。

圭がどんな事情で寮のある中学に進むにしても、ふたりが離れて暮らす時間がつらいのは、自分だけではないからだ。ひとりになる寂しさを我慢してまで、受験した学校に行きたい理由が、きっと圭にはあるのだろう。

じわりと浮かぶ涙をこらえ、翔太はきつく唇を噛《か》む。

そのとき、ふと、稲妻に打たれたようにある名案がひらめいた。

(そっか！　それならおれも、三年後にそこの高校を受ければいいんだ！)

圭のためなら、なんでもしてあげたかった。力になりたかった。だから、自分がそばにいて、いつでも圭を守ってあげたい。

それはもはや、翔太の使命だ。

芽生えたばかりの決意に、翔太は固くこぶしを握りしめた。

1

博修学院学生寮の一室に、春の穏やかな朝日が差し込む。

翔太は真新しい高等科の制服に身を包み、ベッドで寝息をたてる同室の生徒を見下ろした。

大人びたその顔立ちは、眠っていても凜《りん》と整っている。光に照らされた色合いのやわらかな髪は、触れたら気持ちよさそうだ。

じんわりと幸せを嚙みしめ、翔太が思わず手を伸ばすと、それと同時に枕元の目覚まし時計が鳴りはじめた。

数秒とせず、ほっそりとしたきれいな手がアラームを止める。それから切れ長の目がゆっくりと開き、ベッド脇に立つ翔太を見上げた。

「翔太……？」

圭が、体を起こしながらぼんやりとそう呟《つぶや》く。

なぜここに翔太がいるのかと、まだ眠そうな目が告げている。寝起きで、頭がはっきりしないのだろう。中学時代は離れて暮らしていたので、翔太が同じ部屋にいることに驚いているようだ。

「なに寝ぼけてんだよ、圭。同室の顔、忘れちゃったわけ？」

圭は翔太の言葉にわずかに黒目を大きくし、頭を抱えて深く長い息を吐く。

それからゆっくりと顔を上げて、翔太に笑いかけた。

「おはよう、翔太」

「うん、おはよ！」

たかが朝の挨拶《あいさつ》ひとつにも、翔太の心臓が大きく跳ねる。

（本当にまた、圭と一緒なんだ！）

そんなことを今さら実感し、たまらず胸が震えた。

先週行われた入学式をもって、翔太も圭と同じ、博修学院高等科の門をくぐることを許されたのだ。

圭は、離れて暮らしていた三年間で、お姫様から王子様に変身していた。

小柄で華奢だった体はすらりと伸びて、一七五センチの翔太がすこし見上げるほどだ。あどけない少女のようだった顔立ちもずいぶん大人びて引き締まっている。髪や瞳の色素がやや薄いところが、昔の圭を思い出させるくらいだ。

翔太もさすがに小学生のころのままではないけれど、真っ黒な髪の毛がすこし長めになったという以外には、それほど変わりがない気がする。服や靴にそれなりに気を遣ったところで、どこにでもいる、ごく一般的な男子高校生でしかない。

翔太は着替えを終え、それから糊《のり》の利いた真っ白なシャツを圭に渡した。

「はい、これ。アイロンかけといた」

まだ温かさの残るシャツを受け取り、圭が曖昧《あいまい》な笑みを浮かべる。

「……また、俺のぶんまで準備してくれたの？　翔太だって朝は忙しいのに、悪いよ」

「いいんだって、どうせ、自分のシャツのついでなんだし。あと、教科書なんかは机の上にまとめといたから」

翔太は遠慮する圭を笑って流し、自分の机と逆の壁を向いて置かれた圭の机を視線で示した。机だけではなく、ベッドやクローゼットも同じように配置されている。

圭はなにか言いかけるが、すぐに口を閉ざして微笑んだ。

「ありがとう」

王子様然としたその笑顔に、翔太の胸がまたしても高鳴る。圭が喜んでくれるなら、シャツの一枚や二枚や十枚や百枚、アイロンがけなんて屁《へ》でもない。

室内のシャワールームで洗顔を済ませ、手早くシャツに袖を通していく圭の様子を眺める。まだ眠いのか、整っている容貌《ようぼう》は黙っていると不機嫌にすら見えた。

ふと、圭が釦《ボタン》を留める手をとめて苦笑を浮かべる。

「……そんなにジッと見られてると、着替えにくいんだけど」

「えっ、あ、ごめん！」

無意識に目で圭を追いかけていた自分に気づき、翔太は慌てて視線を逸らした。

それでもけっきょく、すぐにまた圭を見つめてしまう。圭は諦《あきら》めたのか、もうなにも言わなかった。三年間も離ればなれだった反動だろうか。ほんのすこしでも圭から目を逸らすことを、もったいなく感じてしまう。

それに圭は、ふとした仕種まで洗練されていて、制服に着替えるだけでも絵になった。

博修学院の制服はグレイのブレザーとスラックスだ。ブレザーの左胸にはエンブレムが刺繍《ししゅう》され、下は同色で濃いチェックが入っていた。中には真っ白なシャツと、えんじにストライプの入ったネクタイを着用する。

しかしひとつだけ、翔太と圭の制服では異なるところがあった。

たった今、圭が結んでいるネクタイは、翔太のものとはちがってえんじ一色なのだ。

「すごいよなぁ、一色タイ」

つい、感心したような声をもらす。

「そんなことないよ。一色タイなんて、特待生はみんなそうだから」

「特待生だからすごいんじゃん！　選ばれるのって、めっちゃ頭がいいって証拠だろ」

「運がよかっただけだよ」

運だなんて言いつつ、圭は中等科に入学したときからずっと特待生だ。そもそも、中等科の入学試験が特等生枠だったと、祖母から聞いて知っている。

たかがネクタイでも、この学校ではそれ以上の大きな意味を持つ。

博修学院の特待生は、成績だけではなく、行動や判断力なども総合的に判断されて選出された学校中の模範生なのだ。

「謙遜《けんそん》なんかすることないのに。圭が頭いいのなんて、昔っからじゃん」

「ネクタイひとつで大げさだよ。それに、みんなとちがうデザインなんて、へんに目立って恥ずかしいだけだから」

成績優秀なうえにこの控えめな性格。パーフェクトだ。

外見は変わっても、中身は昔の優しい圭のままだった。こんなに完璧な男が従兄弟で、自分と両想いでいるなんて、離れて暮らしていたからか今では奇跡のように感じる。

着替えを続けながら、圭がふと口を開いた。

「もう、朝食は済んだの？」

「いや、まだだけど」

「それなら、先に食堂に行って食べてなよ。俺も準備が終わったら行くから」

「あー……、じゃあ、先に行って席取っとこうか？　朝ってかなり混むし、座れなかったらやだもんな」

「俺のことは気にしなくていいから」

圭はクローゼットの扉を開け、ブレザーを取り出しながらそんなことを言う。

「こっちの準備が終わるのを待ってもらうのも、悪いしね。それに、朝食くらいひとりでも大丈夫だよ」

そう笑う圭に、翔太はついムッとしてしまった。

ぶすっくれる翔太に、圭がかすかに首を傾《かし》げる。

「翔太？」

「……あのさ。圭はそうやって、昔からいっつもおれに気を遣うけど、あんま遠慮ばっかされてると、ぶっちゃけ淋しいんだからな」

ぴたりと、圭がクローゼットを漁る手をとめる。

「おれもなんとかこの学校に入って、やっと一緒に暮らせるようになったんだから！　離れてたぶんも、これからはどんどん頼ってほしいんだよ。圭の力になりたいって、今もそう思ってるんだから」

ふたりの間に遠慮は無用なのだと、翔太は大きく胸を張った。

圭はそんな翔太をまっすぐに見返し、たっぷり数秒置いて、

「そう」

と完璧な笑顔を返してくれた。

圭に気持ちをわかってもらえたことが嬉《うれ》しくて、翔太はウンウンと力強くうなずく。

だから、くるりと背を向けた圭から舌打ちのような音が聞こえたことなんて、ただの気のせいにちがいなかった。

朝食を終え、翔太は圭とともに寮を出て校舎に向かった。

博修学院は、全寮制の名門男子校だ。幼稚舎から大学まであり、中高の六年間、生徒たちは某県の山深くに位置する寮に入るのだ。私生活から学業に至るまで、世俗から切り離されて育成される『箱入り』のお坊ちゃま校として有名な進学校だった。

そんな博修学院の高等科に、庶民の翔太がわざわざ入学した理由はただひとつ。

——ここに圭がいるからだ。

(圭のヤツ、おれが同じ学校に通うって知って、めちゃくちゃびっくりしてたな)

入学式で顔を合わせたときの圭は、比喩《ひゆ》でなく本当に翔太を見て固まっていた。

実は、翔太が博修学院を志望していたことは、圭にはずっと内緒にしていたのだ。

入学してからあっと驚かせたかったこともあるし、中学受験を黙っていた圭への、ちょっとした仕返しのつもりでもある。

しかし一番の理由は、模試判定がギリギリで合格が危うく、万が一のときにちょっぴり恥ずかしいと思ったからだ。大好きな圭には、いつだって格好いいところを見せたい。当然すぎる男心だ。

圭もきっと、感動の再会に胸がいっぱいになって、言葉が出なかったのだろう。感極まってしまう気持ちは、翔太にだってよくわかる。再会を知っていた翔太でさえ、入学式で圭の後ろ姿を見つけたときには、涙が出そうになったからだ。

圭と離れていた中学校時代。

それは涙の三年間だった。

博修学院の中等科に進学した圭は、手紙を書くからという言葉を残し、翔太を残して故郷の街を離れてしまった。

帰省は年に数えるほどだったけれど、月に一度は必ず手紙も書いて、時には電話もくれた。圭らしい、きっちりと丁寧な字で埋め尽くされた手紙は、届くたびに翔太の心を慰めた。圭は言葉のとおり、ちゃんと約束を守ってくれたのだ。

だけどそれらは、本物の圭ではなかった。

寝ても覚めても、翔太が想うのは圭のことばかり。思い描くのは、圭と過ごした楽しい時間だ。そんな翔太が成長し、圭の進学先である博修学院の高等科を志すことは、あまりに自然なことだった。

離れて過ごした日々は翔太にとってつらいものだったが、それでも、この学校を志望した圭の選択を恨んだことは、一度もない。

なにも話してくれなかったことは寂しくても、翔太なりに圭の気持ちがわかるからだ。

翔太と圭は互いに祖父母に引き取られ、同じような環境で暮らしていた。

けれど幼いころから家族として祖父母に育てられた翔太と、九歳で初めて顔を合わせた圭とでは、祖父母に感じる距離がちがって当然だ。圭が、祖父母の手のかからない子供でいようとこの学校に進学したことは、本人の口から聞かなくても想像できた。ここでは、特等生でいる間は学費と寮費の免除を受けられるのだ。

もちろん、祖父母は、翔太も圭も変わらず大切にしてくれている。それでも、圭の気持ちはまた別の話なのだろう。

圭は圭で、ひとりで気を張って、模範生の重圧に耐えて頑張っているのだ。

（やっぱり、圭のことは、おれが守ってやらないと）

そんな圭のけなげさを思うと、翔太はやはり、力になりたいと感じずにはいられなかった。

男らしく成長した今でも、圭は翔太の守るべき大切な存在なのだ。

翔太はカードキーを兼ねた学生証をゲートにかざして寮を出る。

三棟並んで建つ寮は、青々とした美しい林と高い煉瓦《れんが》塀で囲われていた。門はレトロな雰囲気だが、建物自体は新しく、現代的でセキュリティ態勢も万全だ。

その先には林を割くようにして広い遊歩道が伸びていた。この道をまっすぐ歩けば校舎に着く。元々山の中にあるため、豊かな自然に恵まれているのだ。

広大な敷地の中には、学校施設や学生寮の他、自然公園や湖、それに小規模ながら書店やカフェといった店舗もある。公園の片隅の廏舎《きゅうしゃ》には十数頭の馬がおり、馬術部やボート部、アーチェリー部など、通常の学校よりもずっと部活動が多彩だった。医療にも手厚く、校医が交代で二十四時間いつでも駐在している。

敷地内への立ち入りは厳重に管理されており、自然公園の様相を呈しながらも、生徒や教師以外の姿は見られなかった。物質的な環境だけでなく、個人的な携帯電話やパソコンの持ち込みも禁止され、世間と切り離されている。

中高合わせてもたかだか三百余名の生徒に対し、この環境だ。箱入りお坊ちゃま学校だとは聞いていたが想像を超えていて、庶民の翔太には乾いた笑いしか出てこない。

自然の中に身を置くことで、生徒達の豊かな感受性を育む――というのが学校側の狙いなのかは知らないが、たしかに、おっとりと品のある生徒が多いように感じた。

翔太が想像する男子校とは、ずいぶん雰囲気が異なる。

中等科から通っている圭も、すっかり博修学院に馴染んでいるようだ。子供のころから落ち着いていた圭だが、今では立ち居振る舞いや表情に余裕がくわわり、同い年の翔太よりもずっと大人に見えることがあった。

(おれだって、圭の知ってる昔のおれよりは、だいぶ大人になったけどな)

そう鼻息を荒くしたとたん、翔太はうっかり小石を踏みつけてしまう。

「うわっ！」と情けない声を上げ、大きく体勢を崩した。

それと同時に圭が腕を摑《つか》み、翔太の体を支えてくれる。

「大丈夫？」

「……危なかった、ごめん」

気恥ずかしさを感じながら顔を上げると、そこにはやわらかな圭の笑顔があった。

ふいに体が触れたことにくわえ、その微笑みにもドキリとする。

「考えごとをして歩いてるからだよ」

圭にはなんでもお見通しらしい。翔太は照れくささを笑ってごまかした。

すぐに体勢を直して、熱くなった顔をぱたぱたとてのひらで扇《あお》ぐ。こんな些細《ささい》なやりとりに、今さら反応する自分に我ながら呆《あき》れてしまう。

しかしふと、ちくちくと突き刺さる視線に気づき、翔太は後ろを振り返った。

（あれって、……依藤《いとう》だっけ）

視線の主は、翔太のクラスメイトだった。

フルネームはまだ覚えていないが、たしか、そんな苗字だったはずだ。翔太たちのすこし後ろを歩きながら、不快さを隠そうともせずに醒《さ》めた表情で翔太を睨《にら》みつけている。

他人の顔を把握するのが苦手な翔太だが、ひょろりとした長身に気の強そうな鋭い瞳が印象的で、依藤のことはすぐに覚えた。騒がしい生徒ではないが、どことなく感じるとげとげしさのせいか妙に目立っている。

互いの視線が交差して数秒、ふっと依藤が目を逸らした。

（あいつ、また圭を見てたのか？）

あからさまに険のある態度をとられて気分がいいとは言えないが、隣を歩く圭は気づいていないようだ。

なんだかなと内心で溜息《ためいき》をつき、翔太も前に向き直った。

こうした視線は、特別にめずらしいものではない。依藤の他にも、学校に向かう生徒の中には、ちらちらとこちらの様子をうかがっている者は多かった。

みんなが圭を見ているのだ。

授業中や昼休み、寮での自由時間と、翔太が視線を感じるタイミングは様々だが、決まって圭と一緒にいるときだから間違いないだろう。生徒たちは圭をうっとりと見つめたあと、きまってうかがうような視線を翔太に向けた。

依藤ほど敵意を剝《む》き出しにする生徒はいないが、それでも翔太の存在に戸惑っているようではあった。

（やっぱりみんな、圭のことが好きなのかな……）

小学生のときはいじめられっ子だった圭だが、今では当時の気弱さなどどこにもない。

持って生まれた容貌にくわえて、博修学院でのステイタスともいえる一色タイを身につけているのだ。憧れる生徒がいるのは当然だ。

それにこの学校には、閉鎖された環境のためか、ある種の独特な雰囲気があった。端的にいうならば女子校的な——たとえば、同性の先輩に憧憬《しょうけい》を抱くといった空気が、当たり前に流れているのだ。学校独自のルールが、目には見えなくとも、入学して数日しか経たない翔太も肌で感じるほどに色濃く存在していた。

翔太自身、同性の圭に恋愛感情を抱いているけれど、それでも違和感を覚えずにはいられない。他人から見れば差異などないかもしれないが、圭以外の男に興味のもてない翔太にすれば、へんな学校だなというのが素直な意見だ。

なんだかなぁと、今度は本当に息を落とした。

しかし、いくら同性からとはいえ、引く手あまたの中で圭が変わらず自分を好きでいてくれたことを、翔太はこっそり誇らしく思っていた。そしてそんな誇らしさの代償に、今の翔太は生徒たちの間で少々浮いた存在となってしまった。

ただでさえ数少ない高等科からの編入組ということで内部進学組とは壁があるのに、いつも圭の隣にいることで距離を置かれているようだ。

もちろん、挨拶や当たり障りのない会話は交わすし、基本的にはみんな穏やかで親切だ。いじめというような大げさなものではないけれど、表面でしか接してもらえず、どことなく疎外感を覚えていた。

もしかしたら、圭のことで嫉妬《しっと》めいた感情があるのかもしれない。

初対面の相手でもすぐに打ち解ける翔太にとって、こんなことは初めてだった。

(でも、おれも、圭にばっかりひっついてたしな……)

翔太はそう反省し、校舎に向かって歩みを進めた。

三年ぶりに一緒に過ごせる嬉しさで、つい圭にばかり構っていた自分にも問題はある。それではほかに友人をつくることも難しいだろう。

入学して、まだ一週間だ。

これからは、もっと周りにも目を向けるようにしよう。すこしずつでも知り合っていけば、きっと大丈夫だ。

元々のんきなところのある翔太は、そんなふうに構えていた。


「だーかーらー、おれも圭もうまくやってるってば。祖母ちゃん、心配しすぎ。……じゃあ、もう切るから！」

悦子からの長電話を切り、翔太は盛大に肩を落とした。

携帯電話は持てないため、生徒への電話は寮一階の事務管理室にかかってくる。

壁掛けの時計はすでに二十二時を指そうとしていた。体はどう？　勉強はどう？　そんなことで一時間も話していたのかと、あいかわらず心配性の祖母に少々うんざりしてしまった。室内の舎監に軽く頭を下げ、三階の自室に戻るため廊下を進む。

入学してから十日以上経つが、翔太からは一度も実家に連絡をしていなかった。そのため悦子が気を揉《も》んで、寮にかけてきたようだ。一度も電話をしなかったことはすこし後ろめたいが、さすがに「圭ちゃんはしっかりしているけれど、翔ちゃんは目が離せない」と連呼されては、おもしろくない。

（むしろ、おれが圭の世話を焼いてるっつーの）

悦子は圭とも話したがっていたが、あいにく圭は部屋を不在にしていた。

（圭のヤツ、毎晩、どこに行ってるんだろ……）

ずんずんと大股《おおまた》で歩いていた翔太の足が、階段の手前でぴたりと止まる。

圭はここ数日、自由時間になるとどこかに出かけているようだった。早い時間に夕食を済ませ、点呼までどこかに消えて戻ってこないのだ。

寮内の自習室を利用しているのかと思っていたが、祖母の電話を報せるために向かってみても、そこに圭の姿はなかった。他にも浴室や食堂、娯楽室、ランドリールームなどがあるけれど、毎日、何時間も過ごす場所だとは思えない。

読書好きなので放課後はよく図書館で過ごしているが、この時間ではそれもないだろう。二十一時以降は外出が禁止されているため、学校外だとも考えにくい。

努力の末に難関試験を突破して圭と同じ部屋になったまではよかったが、思い描いていた生活とは少々ちがっていた。翔太自身が勉強に追われていることもあって、擦れちがい状態が続いている。さすがに朝は一緒だけれど、それだけではとても圭が足りなかった。

翔太になにも言わずに、圭はいったいどこにいるのだろうか。

ざらついた気分のまま足を階段に踏み出すと、ふいに「玉井」と声をかけられた。

「そろそろ部屋に戻っとけよ。点呼、すぐに三階だぜ」

「櫻田《さくらだ》先輩」

寮長の櫻田治仁《はるひと》だ。櫻田もちょうど上階に向かおうとしているところだった。その手には寮生名簿の挟まったバインダーが握られている。

三年生の櫻田の部屋は翔太たちの棟とはべつだが、二十二時に行われる点呼のため、毎晩こちらを訪れていた。編入組の翔太に寮内を案内してくれたのも櫻田で、それ以来顔を見かけてはこうして声をかけてくれている。

先輩ではあるが気取りがなく話しやすいので、親しみを覚えていた。

「すいません、すぐ戻ります」

翔太は素直に頭を下げる。

「まー、べつにいいけど」

欠伸《あくび》まじりにぷらぷらと手を振られ、翔太はちらりと櫻田の顔を見上げる。

翔太よりも十センチは高い位置にある下がり気味の目には、欠伸のせいか涙がにじんでいた。ゆるくまとめた長めの髪形とあいまって、軽い印象の男だ。裏を返せば、最上級生ではあるが、軽口をきいても許される雰囲気がある。

翔太には適当にしか見えないのだが、櫻田もこの学校の生徒だし、なにより制服のタイが一色だった。寮長というだけあって優秀なのだろう。それに、案外、面倒見もいい。

櫻田は目線だけで翔太の周囲を見回し、それから愉快そうに口を開いた。

「今日はひとりなんだ？　一ノ瀬の王子様とは一緒じゃないのか？」

「圭は、どっかに行ってるみたいです。……ていうか、一ノ瀬の王子様って」

「うちで王子様っつったら、一ノ瀬だろ。なんつーの？　ほら、あいつって無駄にキラキラしてるし」

櫻田のからかうような発言に内心でムッとしつつ、翔太はうなずく。

「やっぱ、圭は美人ですもんね」

「はは、さすが一ノ瀬のフン」

しかしすぐに笑いを引っこめ、翔太の頭をバインダーで軽く叩《たた》いた。

「いたっ」

「でもまあ、マジな話、お前も王子様とばっか連《つる》んでると、後が大変かもよ？」

「どういうことですか？」

突然そんなことを言い出す櫻田に、翔太はきょとんと訊き返す。

「どういうっつーか……。まったく喋《しゃべ》るなとは言わないけど、それなりにしといたほうがいいってことだよ。あんまりべったりしてると、厄介なことになるだろうから」

「厄介？」

「そのうちわかるさ」

意味深な笑みを浮かべる櫻田の腕を摑み、翔太はぐいっと顔を覗《のぞ》き込んだ。

「そこまで言うんなら、教えてくださいよ」

「べつに構わないけど。……でも、巻き込まれるのはごめんだしな。知りたきゃ一ノ瀬に直接教えてもらえば？」

「ずるい、そんな半端に教えられたら、よけい気になるし……いてっ！」

なおも食い下がる翔太の頭をふたたびバインダーで叩き、櫻田は腕を振りほどくとさっさと上階へ上がっていった。点呼は上の階から順に行われているのだ。

(厄介って、どういう意味だろ)

翔太は叩かれた頭をさすり、櫻田の言葉を反芻《はんすう》する。

——圭と仲良くして、どうして厄介なことになるのだろうか。

人気者の圭にくっつくことで周囲の反感を買うと、おそらくそういう意味だとは想像できる。

しかし櫻田の言い様は、それとはまた別の意味にも感じた。

部屋に戻り、考え込みながら扉を開けると、机に向かう圭の背中が見えた。その手元には文庫本が開かれている。間もなく点呼なので、戻ってきたようだ。

「おかえり、翔太」

圭がこちらを振り返り、にこりと目を細める。

いつもと変わらない優しい笑顔に、なぜだか喉《のど》の奥がチリリと焦げついたようになった。すっきりしない。大好きな微笑みを向けられて嬉しいはずなのに、櫻田の話や圭の不在の件もあり、素直に喜べないのだ。

「圭、あのさ……」

後ろ手に扉を閉め、なんとなくその場に立ったまま尋ねる。

そんな翔太に、圭が小さく首を傾げた。

「どうしたの、そんなところで。早く戻りなよ」

「……ああ、うん」

圭にそう促されるが、足に根っこでも生えたようになって動かなかった。小難しい表情を浮かべて佇《たたず》む翔太に、圭の表情から笑顔が消える。

「もしかして、具合でも悪い？」

開いたままの文庫本を机に伏せ、圭が改まった様子でこちらに向き直る。

優しく気遣うような圭の態度に、胸が甘く軋《きし》んだ。その真摯《しんし》な表情から圭が自分を心配していることが伝わってきて、申し訳なくも嬉しく感じてしまう。

心の中でそんな自分を詫《わ》び、平気、と圭に笑いかけた。

「さっき、祖母ちゃんから電話があってさ。めっちゃ話したがってたぜ。お前からも電話してくれって、伝言」

「そうだったんだ。ごめんね、留守にしてて」

「いや、それはいいんだけど」

いったん言葉を句切り、尋ねる。

「毎晩、飯のあと、どこに行ってんの？　自習室かなって思って探しに行ったんたけど、ちがったみたいだから」

なんとなく落ち着かない気分で、圭の返答を待つ。

翔太の問いに、圭はゆっくりとまばたきをして、目を細めた。

「先輩の部屋だよ」

「先輩？」

「そう、葵《あおい》さんっていって、中等科のとき委員会が同じだった人なんだ。呼び出されて行ったところで、けっきょく予習をしてるだけなんだけどね」

「……先輩の部屋に、毎晩？　予習のために？」

「二年になって個室になったから、退屈してるみたいだよ。退屈が嫌いな人だから」

毎晩同じ先輩の部屋にいると知って翔太の胸がざわつくが、圭はいつもどおりの笑顔だ。もしも圭に疚《やま》しい気持ちがあれば、こうして笑顔のままではいられないはずだ。純粋に、よくしてくれている先輩なのだろう。

それに、先輩の呼び出しならば、断りづらいという理由もわかる。

（でも、自分が退屈だから圭を呼び出すって、なんか……）

先輩だというだけで、そんなことが許されるなんて、ずるい。

翔太は三年間も圭と離ればなれになっていたというのに。

やっとの想いで手に入れた圭との時間を邪魔されておもしろくないが、圭だって、葵先輩とやらの暇つぶしに付き合わされているのだ。そんな圭に翔太の苛立《いらだ》ちをぶつけるわけにはいかない。

やり場のないモヤモヤを持てあます翔太に、圭が気遣うように口を開いた。

「もしかして、居場所がわからなくて心配させてた？」

まっすぐに見つめられ、どきりと胸が弾む。

後ろめたく感じているのか、圭の表情がどこか暗い。

「あ……、でも、どこにいるかもわかったし、大丈夫！」

本当はちっとも大丈夫ではないけれど、圭につらそうな顔なんてさせたくなかった。

多少頬《ほお》を引きつらせつつ笑って答えると、圭も「よかった」と微笑んでくれた。

正直、納得はいかないけれど、そのうち先輩の呼び出しがなくなることを祈るしかない。それに、圭が先輩に可愛がられているというのは、翔太にとっても嬉しいことだ。

(ほんのちょっとの我慢……だよな?)

そんなふうに考えていると、点呼が始まり、ふたりで廊下に出た。

三階の廊下は、翔太たちと同じく点呼に出た生徒たちで雑然としている。そのざわついた雰囲気に、なぜだかさらに気がめいった。

気になる先輩の出現に、翔太は頭を悩ませる。

櫻田の話していた『厄介ごと』など、すとんと頭から抜け落ちていた。

土曜日の放課後、翌月末に行われる体育大会の打ち合わせを終えて、翔太は多目的室を後にした。

他にも、十数名の生徒がぞろぞろと室内から出てくる。翔太と同じ、各クラス代表の実行委員たちだ。

本当は圭が実行委員に推薦されていたのだが、なんとなく困っているように見えて放っておけず、みずから立候補してしまった。他の生徒たちも誰かに決まればそれでいいらしく、気づけばこのとおりだ。

この学校では、行事のほとんどを予算管理も含めて生徒自身で運営しているらしい。

そのため全員が会議に慣れているのか、ついさっき参加した打ち合わせも効率的に坦々《たんたん》と進行し、協議内容やスローガンの決定もあっという間だった。手際がよくていいけれど、せっかくの体育大会だというのに盛り上がりに欠け、拍子抜けしてしまう。

ぐう、と翔太の腹が鳴った。

半日授業の後、そのまま会議が始まったので、昼食がまだなのだ。

くうくうと鳴くお腹をさすりながら靴箱に向かうと、同じクラスの小倉《おぐら》と一緒になった。

小柄でおとなしい姿が、どことなく昔の圭を思い出させて親近感が湧く。小倉も、翔太と同じ実行委員で、たしか音響の担当になっていたはずだ。

ちなみに翔太は備品担当だ。

「寮、戻るんだろ？　一緒に帰ろうぜ」

「えっ、……僕？」

翔太がそう声をかけると、小倉はなぜかギョッとしたように目を丸くした。それから目線だけで辺りを見渡し、眼鏡《めがね》の位置を正して曖昧にうなずく。

所在なさげに隣を並んで歩くクラスメイトに、翔太は内心で首を傾げた。

今までろくに話したこともなかったのに、突然一緒に帰ろうなどと言われて驚いてしまったのだろうか。

そんなふうに考え、翔太はできるだけ明るく話しかけた。

とりとめもなく、先ほどの会議の話を振る。

「ここの運動会ってへんだよな。騎馬戦がだめで、代わりにフォークダンスって、いくらなんでもさぁ。男子校でそんなことしてもつまんないだろ」

競技種目の決定を思い出しながら、翔太はそう小倉に言う。

翔太の提案した棒倒しや騎馬戦を野蛮だからと却下されたことに、実はこっそり納得がいっていないのだ。

「フォークダンスは、高等科では恒例種目みたいだから」

「え？　そうなの？」

うん、と小倉がうなずく。

「大会当日は、外部の人も学校に立ち入りできるんだ。よその高校の女の子たちもたくさん来て、飛び入りでダンスに参加するんだって」

「あー、だからか」

世間離れして見える博修学院の生徒たちも、やはり年頃の男子なのだと知る。

翔太だって、圭が特別に好きなだけで、本来は女子が好きなごく一般的な男だ。可愛い子がいたら嬉しいと期待を抱く、その気持ちはよくわかる。

ふだんは部外者の敷地内への立ち入りは厳しく管理されているので、年に一度の体育大会という以上に、貴重な日でもあるようだ。

ぎこちなくも笑って答えてくれる小倉に嬉しくなるが、それからは一方的に翔太が話すばかりで、ちっとも会話が弾まなかった。

小倉はなぜか周囲を気にしてばかりで、翔太のほうを見ようとしないのだ。思い返せば、小倉の他にも、翔太が話しかけると似たような反応を示す生徒は多い。

(もしかして、おれ、……嫌われてんのかな)

脳天気な翔太も、さすがに心細くなってしまう。

嫌われるようなことをした記憶はないけれどと、翔太はひとり思い悩む。

そうして気まずいまま校舎の正門に差しかかるころ、ふと、小倉のほうから翔太に話しかけてきた。

「……一ノ瀬くんと君って、ただの友だちなの？」

探るようにそう訊いてくる小倉に、翔太はきょとんとしてしまう。

「なんで？」

「ずいぶん、仲がよさそうだから」

深い意味はないんだけどと、小倉が慌てて言い足す。

「従兄弟だよ。おれと圭の母さんが姉妹だから」

「あ、そうなんだ……」

「でもまあ、ぶっちゃけ、おれと圭はほとんど恋人みたいなもんだけど。子供のころから一緒だったし、ずーっと好きだったから」

のろけ気分でそう言うと、小倉が眼鏡の下で小さな目を丸くした。

いかにもわけありげな反応に、翔太はにわかに緊張して尋ねる。

「もしかして、……小倉も、圭のことが好きなの？」

「ま、まさか！」

小倉はギョッとしたように勢いよくかぶりを振る。

「僕は違うよ！　とんでもない！」

ここまで激しく否定されるとは思っていなくて、翔太のほうが驚いてしまう。

ぽかんとする翔太から目を逸らし、小倉は曖昧な表情で続けた。

「……ただ、そのことは、あんまり人前では言わないほうがいいかもね」

その言葉が、なんとなく昨夜の櫻田の反応と重なり、翔太は首をひねった。——厄介なことになる、という櫻田の言葉が一瞬で脳裏に蘇《よみがえ》る。

「どういう意味？」

「だって、一ノ瀬くんには葵先輩が……」

そこまで言って、あっと、小倉が慌てて口をつぐむ。

聞き覚えのある葵という名前に、翔太はその場で固まってしまった。

圭が連日部屋に通っているという、二年の先輩の名前だ。退屈しのぎに呼び出されていると圭自身が話していたので間違いない。

「なにそれ」

自分でも無意識に、小倉の肩を掴んでいた。小倉の青ざめた顔には、言わなきゃよかったと太マジックで大きく書いてあるみたいだ。

それでも構わず、翔太は逃がすものかと小倉に詰めよる。

「その話、詳しく聞かせて」


昨夜から続いていた胸のモヤモヤが、翔太の中で爆発する。小倉を問い詰めて詳しく聞き出した話に、翔太は空腹も忘れて勢いよく踵《きびす》を返していた。

おそらく圭は、この時間ならば校舎横の図書館にいるはずだ。

(嘘、……ぜったい嘘だよな、圭!)

とても信じられない。

圭が麻生《あそう》葵という先輩と、中等科のころから付き合っているなんて。

葵は博修学院創立者の家系で、学校運営のみならず手広い経営を行っており、翔太でも名前を知る企業グループトップの御曹司《おんぞうし》なのだそうだ。そもそも、世が世ならばその顔を拝むことさえ憚《はばか》られるほどの生まれだという。

成績優秀、眉目秀麗《びもくしゅうれい》、穏やかで完璧な立ち居振る舞い。圭と並んで憧れる生徒は多いが、まさに高嶺《たかね》の花というヤツらしい。

そんな漫画みたいな人間がいるかよと突っ込みを入れつつ、翔太の目の前は真っ暗だった。

この学校では、ふたりの関係を知らない人はいないという話だ。

それでも、圭がそんな人と付き合っているなんて、単なる噂に違いなかった。だって、圭は子供のときからずっと、翔太と想い合っているのだ。

圭が一ノ瀬の家に来てから中学に進むまで、ふたりはずっと一緒だった。翔太が好きだと言ったら、圭も嬉しそうに微笑み返してくれていた。離れているときも、手紙や電話を絶えずくれた。

遠く離れても、気持ちはちゃんと通じあっていたのだ。

それに圭は誠実な心根の持ち主だ。二股をかけるような、いい加減な行動をとれる人間ではない。たしかに、自分とはまだ恋人と宣言できる関係ではないけれど、それでも他の誰かと付き合うなんて考えられなかった。

圭が翔太を裏切るわけがないのだ。

(それもこれも、ぜんぶ葵って先輩のせいだ!)

暇つぶしだかなんだか知らないが、毎晩圭を呼び出したりするから、こんな噂が広まるのだ。

単なる噂話だとしても、圭が誰かのものだと誤解されるなんて、翔太にはとても我慢ができなかった。胃の辺りがどうしようもなくムカムカする。圭を信じる気持ちと、万が一そうだったらという不安が、ごちゃ混ぜになっておかしくなりそうだ。

図書館に到着するなり、翔太は激しく扉を開けてずかずかと大股で中に進んだ。静まり返った図書館に翔太の足音が響き、ちらほらいる生徒たちが一斉に振り返る。うかがうようなたくさんの視線を振り切って奥へ進むと、本棚を物色する圭の姿を見つけた。

「圭っ！」

思わず、翔太は声を荒らげる。

普段は落ち着いている圭が、その目を大きくして振り返った。

「……どうしたの、翔太？　そんなに興奮して」

「どうしたもこうしたもない！　おれ、今、すっごいこと聞いて」

なにを言うべきかわからず、翔太はたまらず圭の袖に縋《すが》りつく。

圭はちらりと辺りを見渡し、それから手にした本を棚に戻した。

「翔太、ちょっと落ち着いて。こんな場所で大声を出したりして、みんなが驚いてるよ」

「みんななんて、どうでもいいっ。おれ、聞いたんだ、圭と、葵って先輩の話。学校のみんなが知ってるって、小倉が言ってた！」

「小倉くんが？」

「なあ、圭、ただの噂だよな？　だって、圭にはおれが——もがっ」

しかし翔太の必死の問いは、圭のてのひらで遮られる。

「ん、ぐぐ……！」

「……ちょっと、あっちで話そう。ここじゃ迷惑だ」

穏やかな口調とは裏腹に、圭の腕は力強かった。

てのひらで口を覆われたまま、図書館の外までズルズルと引きずられていく。細身の圭からは想像もつかない強引さに、翔太は転びそうになりながらもどうにかついていった。

人気《ひとけ》のない図書館の裏まで進んで、ようやく解放される。

ちょうど建物の陰になっているため、ここだけ薄暗く、ひんやりと空気が冷えていた。

翔太が大きく息を吐いていると、頭上から圭の声が降ってきた。

「それで、翔太はいったいなにを聞いたの？」

その顔には、いつものやわらかな笑顔が浮かんでいる。

表情も口調も優しいのに、圭の問いには答えずにはいられない妙な迫力があった。ピリピリと鋭い雰囲気を感じながら、翔太は口を開く。

「だから、圭が、葵先輩って人と付き合ってるっていう……」

圭が誰かと恋人だなんて、口にするだけでも舌がねじ切れそうだ。

黒く焦げつくような胸を無意識に手で押さえていると、圭が笑顔のままでうなずいた。

「ああ、翔太も聞いたんだ。そういえば、噂になってるみたいだもんね」

なんでもないことのように、圭が答える。

自分が他人と付き合っているという噂を翔太に知られても、圭にはまったく動じている様子がなかった。平然とした圭の態度に、沸騰寸前だった興奮が一気に冷めていく。

ひどく沈んだ気持ちで、翔太は尋ねた。

「……嘘なら、嘘って言ってくれよ」

力なく視線を落とし、言葉を重ねる。

「おれの気持ち、知ってるだろ？　それに、圭だって、おれのこと……」

そう言いかけて、耳まで熱くなった。

こうして、はっきりと圭の気持ちを訊くなんて初めてだ。こんなことでもなければ、わざわざ口にすることは一生なかったかもしれない。ふたりの間で、言葉にして想いを確かめる必要などこれまでなかったからだ。

しかし今は、この胸にわだかまる不安を、圭自身の言葉で消してほしかった。

ひと言でいい。

ただの噂だと、安心させてほしいのだ。

圭の言葉なら、翔太はなんだって信じられる。

「もちろん、圭を疑ってるわけじゃないんだ。……おれは、圭を信じてる！　圭は口数は少ないけど、本当はすごく優しいもんな。平気で他人を騙《だま》せるようなヤツじゃないって、ちゃんとわかってるから」

必死にそう訴える翔太に、圭の黒目がわずかに大きくなる。

翔太は圭の手を取り、ぐっと握りしめた。

「先輩と付き合ってる噂も、周りに誤解されてるだけなんだろ？　だって、圭がそんなこと、平気でできるわけない。圭は子供のころからずっと、純粋で、まっすぐだから。おれに嘘なんて、つくわけない」

「……そんなことないよ。翔太は、やっぱり大げさだね」

「そんなこと、ある！　圭はすごく優しいよ！」

遠慮がちに笑う圭の手を、さらに強く包みこむ。

圭はいつも、周囲を大切にして、自分の我を通すということがなかった。それは圭の美徳でもあるけれど、今は焦《じ》れったくて、悔しかった。いじめられっ子だったころの圭が、学校ではひとりにしてほしいと、そう口にしたときと同じ歯がゆさを覚える。

圭は思いやり深く、翔太が知る誰よりも優しい。

そんな圭だから、自分が守ってやりたいのだ。

「優しい圭だから、おれは圭のことが好きなんだ」

何度目ともしれない告白は、自分で思うよりもずっと大きく辺りに響いた。

それきりやけに重い静寂が広がり、一気に空気の密度が増す。握りしめた圭のてのひらが、ぐっと硬くなった。

春だというのに、その指先が凍えるように冷たいことに気づく。

圭が、深く長い息を吐いた。

「……もう限界」

「へ？」

自分の耳を疑う間もなく、勢いよく手を振りはらわれる。

そのまま激しく壁に背中を押しつけられ、顔のすぐ横に手をつかれた。圭の体で壁際に閉じ込められ、互いの距離の近さに心臓が大きく跳ねる。

翔太を射貫《いぬ》く圭の視線は鋭く尖《とが》っていた。端整な美貌から笑みが消えるだけで、これほど迫力が出るのだと、初めて知る。

なぜだろう。

圭が本気で怒っている。

「ど、どうしたんだよ、圭？」

「お前の思い込みに付き合わされるのは、うんざりなんだよ」

「お、おまえ……？」

今、すぐ目の前で喋っているこの男は誰だ？

吐き捨てるような圭の発言に、翔太は横っ面を殴られたような衝撃を覚えた。

圭は、こんな口調ではない。翔太のことを、お前なんて呼んだりしない。あまりのショックに、脳みその回転が追いつかない。

呆然《ぼうぜん》と突っ立って見返す翔太に、圭は容赦なく言葉を続ける。

「いつもそうだ。ひとりで勝手に突っ走って、こっちの都合も場所も構わず騒ぎまわって。子供のころからぜんぜん変わらないよな、そういうところ」

「なんで、……いきなり、そんな」

圭の豹変《ひょうへん》に、翔太はうろたえることしかできない。

ここまで逆上させるほど、いったいなにが圭の気に障ったのだろうか。翔太はただ、優しい圭が好きだと、そう言っただけなのに。

いきなりじゃないと、圭がそっけなく口を開く。

「昔から、ずっと迷惑だった。朝から晩までウロウロ周りをうろつかれて、冗談じゃない。守ってやるって言われるたびに、よけいなお世話だって苛ついてた。……お前から離れるために、こんな面倒な学校まで選んだっていうのに」

「おれから離れるためって……」

「ここならレベルが高いし、さすがに追いかけてこられないと思ったのに。お前が合格するんだから、この学校も案外たいしたことなかったんだな」

「圭、さっきからどうしたんだよ、冗談ばっかり……」

圭の言葉が信じられず、翔太はどうにか笑ってみせる。

まさか、自分から離れるためにこの学校に進学しただなんて、信じられるわけがない。

「だって、おれは、圭に会いたくて、必死で」

そう、必死で勉強したのだ。難関試験を突破して圭と一緒に過ごすために、これ以上はないというくらいに、毎日、毎晩、机にかじりついた。

あの努力はいったいなんだったというのだろうか。

聞き間違いだと思いたくて、翔太は必死で食い下がる。

「そうだよ、圭は今まで、おれのことを嫌がったことなんてなかったじゃんか。中学のときは手紙も電話もいっぱいくれたし、こっちでも、ずっと一緒にいただろ?」

「無視すると、よけいにうるさそうだから、好きにさせてただけだよ。面倒ごとはごめんだからな。手紙も電話も同じ。適当に付き合ってただけだ」

「……お前も、おれのことが、好きだったから……、くれてたんじゃないの?」

悄然《しょうぜん》と呟くと、圭がかすかにその目を見ひらいた。

そして、ハッと嘲笑《ちょうしょう》を浮かべる。

「そのつまんない冗談、いい加減聞き飽きたよ。俺がお前に好きなんて言ったことが、一度でもあった?」

「………ない」

ない。確かに、一度もない。

翔太が好きだと告げて、圭が微笑み返す。それだけだ。

そんな事実に今さら気づき、翔太はさらに愕然《がくぜん》としてしまった。自分でも間が抜けていると思うけれど、圭が自分のことを好きだなんてあまりに当然のことで、疑う余地などなかったのだ。

「圭、本当に？　本当は、嘘なんだよな……？」

それでも望みを捨てきれずに尋ねると、圭がゆっくりと息を吐いた。

「はっきり言わないとわからないほどバカなんだな」

それなら教えてやると、グッと圭の顔が近づく。

きれいな肌に引き結ばれた薄い唇。飴《あめ》色に透きとおった迷いのない瞳。そんな目を縁取る長い睫《まつげ》が、上下に揺れる。

こんなときなのに、近づく圭の容貌にドキリと胸が反応した。

可愛くて、誰よりも優しい圭。

自分が守らなければ、だめな圭。

翔太だけの、子供のころからの大切な宝物だ。

「――お前、ウザすぎ」

2

圭のスケッチブックは、何色もの絵の具でぐちゃぐちゃに塗りつぶされていた。

芝生の上で膝《ひざ》を抱えて座る圭を、翔太は立ったまま見下ろす。

「誰がやった?」

写生画の授業のため、五年生全員で小学校近くの臨海公園に出かけたときのことだ。よく晴れた春の日で、絵を描くにはうってつけの天気だった。辺りには人気がない。圭があえてこの場所を選んだのだろうか。

日よけの帽子をちらりと上げて、圭がこちらを見た。

「また、あいつらなんだろ」

重ねてそう問いかけると、圭はぱちりと瞬きをして、それから笑った。

「大丈夫、次のページにまた描けるよ」

そう言ってスケッチブックをめくり、筆箱から鉛筆を取り出す。

翔太はたまらず唇を噛んだ。どう考えても納得がいかない。腹が立った。おもしろ半分で圭の絵をでたらめに塗りつぶしたクラスメイトにも、遊歩道を挟んだ先の海を見つめ、新しい紙に淡々と鉛筆を走らせる圭にもだ。

圭をからかう同級生は、翔太とは幼いころからよく遊んでいる友人だ。ひとりひとりは一緒にいると楽しい友人ばかりで、今も学校や外で連むことは多い。

それなのになぜ、圭には嫌がらせをするのか、理解できなかった。

特に、圭に対して、母親の文子《あやこ》のことを悪く言うことが許せない。

文子が亡くなったのは、半年ほど前、小学四年生の秋のことだった。すでにこの世を去った人のことを、どうして息子の圭の前で悪く言えるのだろう。翔太は悔しくてたまらない。

そもそも、文子が家出同然にこの街を出たという過去も、同級生による圭への悪口で知ったのだ。同級生たちは親から聞いたと、なぜか誇らしげにそう話していた。異性関係の噂が絶えない人だったらしい。耳慣れない言葉でからかわれ、祖父にその意味を尋ねたら、ひどく叱られてしまった。

そんな言葉を、みんなが圭に投げつけるのだ。

湧きおこる怒りを抑えきれず、翔太は飛び跳ねるようにして踵を返した。

「おれ、あいつらに言ってくる！」

「やめて」

めずらしく、圭が語気を強くする。

「でも！」

「本当に大丈夫だから」

念を押すように言う圭に、翔太は振り返った。

翔太がどこにも行かないことを確かめ、圭はふたたび鉛筆を動かしはじめる。芯がすべる小気味よい音が、なんだかやけに耳についた。

「……そうやって、翔太が僕ばっかり大事にしてるから、みんながやきもちを焼いてるんだよ。僕に翔太を取られたって、そう思ってるんだ」

「んなわけないじゃん。あいつらが、やきもちなんて」

「本当だよ」

立ったままの翔太を見上げ、圭が微笑む。

描かなくていいのかと尋ねられ、翔太はどっかりと芝生の上であぐらをかいた。膝の上にスケッチブックを広げて鉛筆を握ってみるけれど、ちっとも描く気になんてなれない。

仏頂面でスケッチブックを睨みつける翔太に、圭がぽつんと尋ねた。

「怒ってるの？」

「……怒ってはない。けど」

鉛筆をくるくると回し、翔太もぼそりと答える。

「圭は、なんで笑ってんだよ」

「え？」

ぽかんとする圭に無性に腹が立ち、きつく睨みつけた。

「なんで圭は平気なわけ？　あいつら、いっつも好き放題言って、……おれは、ムカつく！　めちゃくちゃ悔しい！」

そこまで言うと、たまらず涙が零《こぼ》れた。

興奮のままに、ぼろぼろと滴が頬を濡《ぬ》らしていく。なにもかもが歯がゆくて、それなのになにもできない自分がふがいなくて、次々に涙が溢《あふ》れた。

――本当に悔しい想いをしているのは、圭だ。

そうわかっているのに、そんな圭にまで苛立ってしまう自分に、一番腹が立つ。

突然泣き出した翔太に、圭が大きく目を見ひらいた。

「……どうして、翔太が泣くの」

「そんなの！」

たまらず翔太は身を乗りだす。

「圭が好きだからに決まってんじゃん！」

大声でそう叫ぶのと同時に、突風が吹いた。

圭はとっさに頭を押さえるが、翔太は間に合わず、うっかり帽子が風に攫われてしまう。

「あっ！」

帽子は高く舞い上がり、風に乗って遊歩道と柵を越え、あっという間に海に落ちた。ふたりは慌てて追いかけるが、水面に浮かぶ帽子はどんどん向こうへと流されていき、とても取りに行けそうにない。

ちゃぷちゃぷと波に揺られる帽子を未練がましく見ていたら、怒りも涙も、すっかり引いていることに気づいた。

思わずふたりで顔を見合わせ、どちらからともなく笑い出す。

「……ごめん、圭に怒鳴ったりして」

「ううん」

翔太が謝ると、圭は微笑んでかぶりを振った。

そんな圭を見ていると、なぜだかまた喉の奥がツンとした。圭を守るのは自分の役目だと、改めてそう感じる。

「圭のことは、おれがずっと守ってやるからな」

まっすぐに圭の目を捉え、しっかりと伝える。

ありがとうも嬉しいも、圭はなにも答えなかった。ただ、どうしてなのかその笑顔が泣きそうに見えてドキリとした。

圭が翔太にこんな表情を見せたのは、このときが最初で最後だ。

赤く染まった圭の目元を、翔太は見返すことしかできなかった。

「あっ、手が勝手に……」

月曜日の早朝。窓から差しこむ朝日を浴びながら、翔太は手元のアイロンを握りしめてそう零す。空は晴れ、小鳥はさえずる、清々《すがすが》しい春の朝だ。

一昨日の悪夢の出来事なんて、嘘のように。

蒸気の立ち上るアイロンの下には、圭のシャツがあった。すっかり習慣になっていて、手が勝手に動いていたのだ。ふと圭の机に目を向けると、そこには今日の授業に必要な教科書類までまとめてあった。

これをほぼ無意識のうちに行ったのだから、人間の習慣とは恐ろしい。

それにしても、今朝はずいぶんと懐かしい夢を見た。子供のころの夢だ。圭を守るのは自分だと、強く信じていたころの夢だ。

翔太は悄然と肩を落とす。

――振られた。完膚なきまでに、振られてしまった。

いや、あれを振られたと言ってもいいのだろうか。土曜日の圭は、翔太の知っている圭とはあまりにかけ離れていた。

本当に、あれは圭なのだろうか？

あれから二日経った今でも、翔太は圭の豹変が信じられずにいた。

あれは、圭の皮を被《かぶ》った悪魔か宇宙人なのかもしれない。本当の圭は、魔界だか宇宙だかにドナドナされてしまったのだ。かわいそうな圭。見知らぬ世界でひとりぼっち、不安にその胸を痛めているにちがいない。

そんな妄想にたまらず涙ぐんでいると、突然、部屋の扉が開いてギクリとした。入ってきたのは圭だった。どこに行っていたのかは知らないが、部屋着のままだ。

緊張のあまり、翔太の頬が引きつってしまう。

「お、おはよ」

そう声をかけると、圭がちらりと翔太に視線を向けた。

どうやら圭は、翔太の手元にあるシャツを見ているらしい。かすかに眉をよせ、つかつかとこちらに来て、奪い取った。

「よけいなお世話」

それだけ言うと、圭はあっさりと翔太に背を向ける。

図書館の裏で本音を聞かされて以来、圭は一貫して翔太に冷たくなっていた。土曜日の夜なんて、話しかけてもほとんど答えてくれず、今まで以上に部屋に戻らなくなった。

て、ショックのあまり夜通しベッドの中で泣き伏していると、圭は点呼後だというのに盛大な溜息をついてどこかに消えてしまった。

圭は、翔太のことを面倒だと言った。ウザすぎると。ウザい自分と離れるために、わざわざ家から遠く離れた博修学院を受験したのだとも。

そうとも知らずに圭の後を追ってこの学校に来たなんて、自分はバカだ。大バカだ。なにより、嫌われていたことにも気づかず、それどころか両想いだと信じ込んでいたのだからお目出たいにもほどがある。ギネス級の超ド級バカだ。

それでも、あの日はただ圭の虫の居所が悪かっただけではないかと、そんな望みを捨てることができずにいた。今日こそはいつもの圭に戻っているかもしれない。そう淡い期待を抱いていたが、あっけなく散ってしまう。

重苦しい雰囲気の中、翔太はしょんぼりと支度を続けた。

圭のほうが先に準備が終わったようで、翔太には声もかけず、ひとりで部屋を出ようとした。そんな圭に気づき、翔太が慌てて呼び止める。

「あの、飯は？　今からなら一緒に……」

「もう食べた」

圭はこちらを振り向くこともせずに、そう答える。

さっき部屋を出ていたのは、食堂で朝食を取るためだったのだろうか。

この土日は圭に避けられていたけれど、また学校が始まれば、食事くらいは一緒に行けると思っていた。そんな望みも断ち切られ、またしても涙腺がゆるむ。

(う、泣くな、泣くな、おれ……)

これ以上泣いたら、腫れすぎて目が開かなくなるかもしれない。

瞼《まぶた》を擦ることもできずにじっとこらえていると、圭がこちらを振り返った。

「また泣くわけ？」

「泣いてないっ」

反射的にそう答え、翔太はぐっと歯を食いしばる。

「いい年して、情けない。ていうか、これ以上泣くなら、今日は休んだほうがいいんじゃないか？」

「……へ？」

「そのみっともない顔、学校でまで見たくないから」

バタンと乾いた音を立てて、扉が閉まる。

ひとり残された部屋の中で、翔太は何度もまばたきを繰り返した。

みっともない顔。そんなこと、言われなくてもわかっている。鏡に映る自分の顔は、泣きすぎたせいで瞼が腫れ、顔もぱんぱんに浮腫《むく》んでいた。

それでも今までの圭なら、みっともないなんてぜったいに口にしなかった。

圭は、本当に変わってしまった。

……ちがう、変わったのではない。今の圭が、本当の圭なのだ。優しくて、可愛くて、保護すべき圭は、最初からどこにもいなかったのだ。

自分は今まで、圭のなにを見ていたのだろうか。

視界がぐらりと揺れて、景色が涙に溶けていく。

——会いたい。

——圭に会いたい。

この学校に来て、初めてそんなふうに思った。


赤く腫れた目もそのままに、翔太は重い足取りで寮を出た。

ぎりぎりまで部屋を出る気になれなくて、気がつけば始業のチャイムが鳴るまであとわずかという時間になっていた。急げば間に合うけれど、とても走る元気はない。

圭にはみっともない顔を見せるなと言われたけれど、それで本当に欠席するわけにはいかなかった。一日でも休んだら、そのまま心がぽっきりと折れて、ベッドの中の住人になってしまいそうだからだ。

翔太が悄然とゲートのロックを解除していると、ふと、背後から耳に馴染んだ声が聞こえてきた。

ドキリとして振り返ると、そこには、翔太よりもずっと早くに寮を出たはずの圭がいた。そしてその隣には、ひとりの見知らぬ生徒の姿がある。ふたりはどうやら、隣の棟から出てきたようだ。

圭は翔太には気づいていないようで、隣を歩く生徒に声をかけていた。

「早くしないと、間に合いませんよ」

「いいよ、遅れても。ゆっくり行こう?」

「葵さんはよくても、こっちが困るんです」

「じゃあ、圭は先に行ってればよかったじゃない」

「こんな朝早くに、人を呼びつけたのは葵さんでしょう?」

――葵さん、と呼ぶ圭に、翔太の全身がこわばる。

圭は微笑みながら、葵のネクタイに手を伸ばした。えんじの一色タイだ。彼も特待生なのだろう。ふたりの間に流れる親しげな空気に、翔太の目が釘づけになった。見たくないのに、どうしても目が離せない。

葵のタイをまっすぐに正すと、圭はエスコートをするようにゲートがある翔太のほうへと向き直った。

「とにかく、急いで……」

そう言いかけた圭と視線が交差し、翔太は息をのむ。

(やば、目が合った……!)

翔太はうろたえ、不可抗力なのだと必死に目で訴える。

圭の表情からサッと表情が消えるが、それは一瞬のことだった。すぐにその目元をやわらげ、こちらに笑いかけてきた。

翔太は自分の目を疑う。

それは、つい先日まで当たり前だと思っていた、優しい圭の笑顔そのものだったからだ。

「偶然だね。早く行かないと、翔太も遅刻になるよ」

「あ、えっ…と」

いつもどおりの圭の様子に、言葉が詰まってしまう。

(……なんで？　どうして、普通に笑いかけてくるんだ？)

あれだけ冷たく突き放しておきながら、どうして今は穏やかに微笑みかけたりするのだろうか。この二日間の出来事は悪い夢だったのかと、自分の記憶に自信を失うほどだ。

圭の隣で、葵がツンツンとその袖を引く。

「友だち？」

「ああ、同室の玉井翔太です。……翔太、この人は、麻生葵さん。名前だけは、翔太も知ってるよね」

(やっぱり、この人が圭と付き合ってるっていう……)

学年も寮もちがうのに、朝からこうして一緒にいるくらいだ。ふたりが恋人だという噂は本当なのかもしれない。

混乱して挨拶もできずにいる翔太に、葵はにっこりと大きな目を細めた。

「圭の同室の子ってことは、従兄弟なんでしょう？　話はよく耳にするから知ってるよ。有名だもの」

弾む鞠《まり》のような声と、中性的であどけない笑顔にドキリとする。

葵の容姿は、気まぐれな猫を彷彿《ほうふつ》とさせた。それも、血統書つきの猫だ。野良の翔太とは、毛並みがまるでちがう。圭にばかり気を取られていて気づかなかったけれど、こうして目が合えば、ちょっとやそっとではお目にかかれない種類の人間だとすぐにわかった。

指先、髪の毛まで磨き抜かれた、本物の御曹司だ。

「有名、ですか？」

重い口を開いて尋ねると、葵がうなずいた。

「高等科からの編入生っていうだけで目立つからね。学校には、もう慣れた？」

……しかも、優しい。

単純でろくな長所などない自分との差を見せつけられたようで、翔太はますますしょんぼりとしてしまう。

そんな翔太には気づかず、葵がふと小首を傾げた。

「……その目、どうかしたの？」

「なんだか、腫れてるように見えるから。せっかく可愛いのに、もったいないなって」

心配そうな瞳で覗き込まれ、同性相手だというのに胸が弾んだ。

可愛いのは、自分ではなく葵のほうだ。くるくると変わる表情が魅力的で、どれだけ見ていても飽きない。こんなに魅力的な人だから、圭も好きになったのだろうか。

また、ズキリと胸が痛む。

「え?」

「腫れが引くまで、部屋に戻ってたほうがいいんじゃないかな」

「でも、もうすぐ、学校が始まるし……」

「だめだよ。そんな顔で学校に行ったら、みんなに心配かけちゃう。――そうだ。圭もついてあげなよ。きっと、従兄弟がそばにいたほうが心強いよね」

「えっ! 大丈夫です! いいです、そんな!」

間の悪すぎる提案に、翔太の顔が凍りつく。

その手をわずらわせて、これ以上圭に嫌われたくない。おそるおそる圭のほうに目を向けると、その眉がかすかに動いていた。

これはやはり、ものすごく迷惑に思っているということだろう。

今の翔太には、哀しいことに、圭の本心が手に取るようにわかってしまう。

「……だけど、葵さんも、俺になにか用事があったんじゃないんですか?」

案の定、圭は翔太と一緒になることを避けたがっているようだった。

「僕のことはいいから」

しかしそう後押しする葵に、圭はそれ以上なにも言わなかった。

葵の善意が、ありがたくも恐ろしい。翔太がふたりのやりとりを血の気の引く思いで眺めていると、圭がこちらに視線をよこした。

それからにこりと、穏やかな笑みを浮かべる。

「……それじゃあ、翔太、部屋に戻ろうか」

声も表情も優しいのに、その目がちっとも笑ってない。

そんなことに、今さらながら絶望した。

(本当に、おれのことなんかどうでもいいんだ……)

今、圭が翔太に付き添おうとしているのは、葵の言葉があるからだ。

わかっていたはずだ。この土日の間、圭は翔太を思いやることなんて一度もなかったのだから。みずから悪態をつくようなことはなくても、いないもの同然に扱われて、その視界にも入れてもらえなかった。

それなのに平然と、今は心配そうな顔をつくってみせる。

(今までずっと、こうやって嘘ついてたのか?)

そんな圭の様子に、足元がぐらりと揺れた気がした。胸に大きな穴が空いて、これまで大事にしていたなにかが、ぽろぽろと零れ落ちていく。

黒くざらりとした不快感が胸に広がり、いてもたってもいられなかった。

どうして、嘘ばかり重ねて平気でいられるのか、理解できない。圭にとっては、家族である自分も、恋人である葵も、適当な言葉でやり過ごせる程度の存在でしかないのだろうか。

なにが圭の本当で、嘘なのか、わからない。

改めてそう思い、愕然とした。

出会ってからずっと、圭と育んできたはずの大切な思い出が、一気に色褪《いろあ》せていく。

三年間、離れていたときの受話器越しの圭の声は、今でも思い出せる。手紙だってぜんぶ大切にして、つらいときは圭の丁寧な文字に元気をもらった。

それなのに、あの温かな言葉は、ぜんぶ嘘だったのだ。

翔太のことを内心では嫌いながら、表面だけを取り繕って笑っていたのだ。

——そう考えた瞬間、ブツリと、自分の中でなにかが切れた気がした。

ふつふつと、腹の底からどろりと重い感覚が湧き上がってくる。それは翔太の体の中を這《は》いまわり、暴れまわり、全身を真っ赤に染めた。

「いらない……」

「……翔太？」

「お前みたいな嘘つきの助けなんか、いらないって言ったんだよ！」

翔太はそう声を荒らげ、圭をまっすぐ睨みつける。

翔太が圭に反発するなんて、これが初めてのことだった。そもそも、圭にこんな凶暴な気持ちを抱くことなどありえなかった。けれど今は、この怒りをとても抑えられない。好きだったから、大切だったからこそ、圭を許すことができなかった。

ぜったいに許せない。

これまでずっと、自分を平気な顔で騙しつづけていたなんて、許せるわけがない！

「玉井くん？　どうしたの、急に」

事情を知らない葵は、突然怒り出した翔太にその目を大きくする。

圭の本性が薄情な外面《そとづら》王子だなんて、きっと想像もしないのだろう。翔太がなにに怒っているのか、理解ができないようだった。

翔太は勢いのまま、葵にはっきりと告げる。

「先輩も、圭に騙されてるんです！」

「騙されてる？」

「そうです！　こいつは、見た目はめちゃくちゃ優しそうだけど、本当はぜんぜん優しくなんかなくって……、嘘をついてるんです。詐欺師、……いや、泥棒なんですよっ」

そうだ、圭は巧みな言葉や外面のよさで、翔太の心を盗んだも同然なのだ。

葵はきょとんとして、圭に尋ねた。

「圭、そんなことしたの？　犯罪なんて」

「まさか」

「……あああ、ちがう、そうじゃなくて」

平然と肩を竦《すく》める圭に、翔太はたまらず歯嚙みする。葵に真実を伝えたいのに、怒りで混乱している状態では、まともな言葉が出てこない。

「とにかく、一度、部屋に戻ろう」

このままではらちがあかないと思ったのか、圭が改めて翔太の手を引く。

「いらないって言ってるだろっ」

差し出された手を、翔太はバシンと叩き落とした。

圭はそれにも動じず、呆れた様子で息を吐く。そんな圭の様子にも、よけいに腹が立ってたまらなかった。

「……バラしてやる」

「バラす？」

「そうだよっ！　みんなに、お前の本性をバラしてやるからなっ」

翔太は圭に面と向かって叫び、ふたりを残して勢いよくゲートを抜けた。

のどかな遊歩道を、鬼のような形相でずんずんと進む。

（ムカつく、ムカつく！　……圭のヤツ！）

先ほどの圭の呆れ顔を思い出し、また涙が滲《にじ》んだ。

好きと嫌いの感情は表裏一体なのだと聞いたことがあるけれど、それは真実なのだと身をもって知った。本当に好きだったからこそ、自分を騙していた圭が許せなかった。痛い目を見させなければ気が済まない。

たとえ謝っても許してなんかやるものか。圭の上辺だけの言葉なんて、もうぜったいに信じない。

なにが特待生だ。模範生だ。王子様だ。

だいたい、王子様だなんだと騒がれているけれど、しょせんは圭も翔太と従兄弟の庶民同士。今まではうまく隠せていたようだが、ちょっとつつけばボロが出るに決まっている。

この学校中のみんなに、圭の本性をバラしてやる。

そして、自分を騙したことを後悔させてやるのだ！

(覚悟しとけよ！)

滲む涙もそのままに、翔太は睨むように前を見つめる。

これからの計画を練りながら、翔太はひたすら足を動かしつづけた。

四限目終了のチャイムとともに、翔太はひとり化学室を出る。

五月の大型連休もとっくに終わっていた。連休はひと月ぶりに実家で過ごしたが、圭は戻らなかった。なにをしていたのかなんて、もちろん聞いていない。冷戦状態なのだ。

これから昼食だが、翔太にしてはめずらしく、ちっとも食欲が湧かなかった。

すっきりしない気分のまま、とぼとぼと教室に戻る。

——圭の本性を白日の下にさらすのだと意気込んでから、約半月。気合い充分に計画を練り、様々な作戦を実行してはみたものの、なかなか圭は手強《てごわ》かった。

従兄弟の自分を見事に騙しつづけた外面は、他の生徒の前でも完璧だ。

圭は翔太以外の人の前では、けっしてその本性を見せなかった。あれほど憎まれ口を叩いておいて、他人の前では翔太に対しても、王子様よろしく完璧な笑顔を向けるのだ。

今朝、翔太が寝坊したときなんて、声もかけてくれなかったくせに。

起きたときには圭はもう登校した後で、翔太は遅刻ぎりぎりになってしまった。

(くそー……、思い出したらまた腹が立ってきた)

圭の上っ面を思い返すと、腸《はらわた》が煮えくりかえりそうになる。

しかし、どうにか吠え面をかかせてやりたいのに、圭のほうが一枚も二枚も上手で、ぼろを出す様子がない。また怒らせれば本性を出すかとちょっかいをかけてみても見事に無視され、思惑は空回ってばかりいた。

圭に集まる学校中の憧憬のまなざしも、黄色い声も、今は翔太を苛立たせるだけだ。

（つか、なんなんだよ、この学校は。あんな外面王子をよってたかってちやほやして……、見る目なさすぎ！）

すこし前までの自分は完全に棚に上げ、翔太は内心で悪態をつく。

圭と行動を別にしてからというもの、翔太はほとんどひとりで行動していた。移動教室や食事の際に、クラスメイトたちに声をかけてみても、なぜだかみんなが小倉のようにビクついて逃げていくのだ。

なにをした覚えもないのだが、どうしてだろうか。これまで友人関係で悩んだことはなかったので、さすがに困惑していた。

ひとりはつまらないし、やっぱり淋しい。入学してすぐに圭とばかりいて、早いうちに特定の友人をつくらなかったことも原因だろう。

どこまでいっても、圭、圭、圭。

うまくいかないのは、ぜんぶ圭のせいだ。

僻《ひが》み根性丸出しでそんなことを思いながら教室に入り、翔太は窓際にある自分の席を目指す。

教室に戻っている生徒はまだ少なく、圭の姿も見えなかった。

思いつくかぎりの圭への罵詈雑言《ばりぞうごん》を心の中で繰り返していると、ふいに、視界ががくんと揺れた。

「――うわっ！」

盛大な音を立て、翔太はカーペットの床に倒れ込む。

一瞬、自分の身に起きたことが理解できず、呆然としてしまった。

なにかに足をとられてしまったようだ。反射的に床に手をついたので膝を打っただけで済んだが、同時に数人の笑い声が頭上から降ってきて、翔太は眉をよせた。

「ごめんな、玉井。気がつかなくて」

依藤がこちらを見下ろし、にやにやと手を差し伸べてくる。

どうやら、依藤の足に躓《つまず》いて転んでしまったようだ。

依藤の隣には、その友人の宮田《みやた》と大木《おおき》が立っていた。依藤はそうでもないが、ふたりはがっしりした体格で背も高い。学校には上品な生徒が多い中、この三人はめずらしく、翔太に近い、ふつうの男子生徒という印象が強かった。

依藤たちに囲んで見下ろされ、動物園の檻《おり》にでも閉じ込められたような気分になる。

これまでに向けられた、依藤の敵意の入り交じったまなざしを思い出し、嫌な感覚が胸を掠める。

しかし翔太はその感覚に蓋《ふた》をして、差し出された依藤の手を取った。

「ありがと」

そう礼を言うと、やや乱暴にだが引き起こしてくれた。

なんとなくスッキリしないが、わざわざ手を貸すくらいだから、故意に足をかけたわけではないのだろう。

　立ち上がって膝についた埃を払っていると、依藤が重ねて声をかけてきた。

「最近、ひとりなんだな」

「え?」

「この前までは、いっつも一ノ瀬にひっついて回ってたじゃん」

　ふたたび、依藤がにやりと唇の端を上げる。

　追従するように、宮田たちも口々に続けた。

「ようやく気づいたんじゃないか?　一ノ瀬の番犬気取りで、実はただの馬鹿犬ストーカーだったって」

「一ノ瀬も麻生先輩も、人がいいからはっきり言えないんだよな。こんなのにつきまとわれて、迷惑でもさ」

　そう嘲笑する宮田たちに、依藤も揃《そろ》いの笑みを浮かべた。

「やめろよ、かわいそうだろ」

　教室に戻ってきた生徒たちが、緊張してこちらを見ていることがわかった。不穏な空気を感じながらも、どうしていいのかと戸惑っているようだ。

　気持ちはわかるけど、と、依藤が腕組みをしていつものねとつくような視線を翔太に向ける。

「こういう勘ちがいしてるのが、俺も一番嫌いだから」

（……ああ、そういうことかよ）

この学校はのんびりした生徒ばかりだと思っていたが、そうでもないらしい。

ねちねちとした依藤たちの態度に、翔太のスイッチが一気に切り替わる。

「あのさ、言いたいことがあるなら、はっきり言えば？」

「は？」

翔太が言い返すとは思っていなかったのか、依藤がその目を丸くする。

さすがにその視線から気づいてはいたが、依藤は翔太が圭と一緒にいたことが心底気にくわなかったようだ。それを圭がいないところでしか翔太に言えないのだから、程度も知れるというものだけれど。

小学生並みの売り言葉ではあるが、買ってやろうじゃないか。

——そう前のめりになった瞬間、視界の端に入った人影に、ふと意識を奪われた。

ちょうど、圭が教室の前を通りかかったのだ。移動教室から戻ってきたのだろうか。依藤たちからは死角になって見えないようだが、その肩越しにはっきりと目が合った。

思わずドキリとするが、圭はこちらを一瞥《いちべつ》してすぐに目を逸らす。

そして教室には入らずに通り過ぎてしまった。

（無視した……？）

関わり合いになるのはごめんだというような圭の態度に、翔太は愕然としてしまう。

ただの気のせいかもしれない。通りすがりの出来事だったし、ちらりと見ただけで翔太の置かれた状況を正確に把握するのはむずかしいはずだ。

それでも、あのタイミングでは、無視されたように思えてならなかった。

（圭のヤツ……、本気でムカつく！）

もともと依藤たちに絡まれて不快だったところに、圭のあの態度だ。

一瞬、ひどく傷つき打ちのめされるが、それはすぐさま怒りに変わった。火山の大噴火よろしく頭の天辺《てっぺん》を突き抜けそうな勢いだ。摂氏ウン千度の怒りすべてをぶつけるつもりで、さらにきつく依藤を睨みつける。

まさに一触即発。

翔太も依藤も一歩も退《ひ》かず、教室中に激しく火花が散る。

そんな緊迫した空気の中、ふと、場にそぐわないのんびりとした声が響いた。

「――玉井、いるかぁ？」

のほほんと名前を呼ばれて顔を向けると、教室の入口に、櫻田の姿があった。翔太の姿を捉え、ひらひらと手を振って招きよせる。

緊迫感とは無縁の笑顔に、一気に体中の力が抜けた。さすがに三年の先輩の前では強く出られないのか、依藤たちも小さく舌打ちしてあっさりと引き下がる。

翔太はざらついた気持ちのまま、櫻田の元に向かった。

「なんかピリピリしてね？　このへんの空気」

「はあ、まあ」

三年の櫻田が、自分になんの用だろうか。

ついぶすくれたままで答えるが、櫻田は特に気を悪くする様子もなかった。八つ当たりめいた口調の自分を反省し、翔太はほんのすこしだけ殊勝な態度を心がける。

「……それより、どうしたんですか、こんなところまで」

「寮の規則同意書。提出してないの、お前だけなんだよ。今日中に学校側に出さなきゃダメなんだけど」

櫻田の言葉に、翔太はハッと思い出す。

先日、寮規則の改定が行われたからと、同意書を配布されていたのだ。署名をして戻せと言われていたが、圭のことで頭がいっぱいで、すっかり忘れていた。

すみませんと、翔太は慌てて頭を下げる。

「たぶん、ここじゃなくて部屋にあると思うんですけど」

「マジか。……ま、そうだよな」

櫻田はすこしだけ考えるようにして、笑う。

「じゃあ、同意書のほうは、明日でいいや。一日くらいなんとかなるだろ」

そう言って、大きな目を細めた。

「つーかさ、お前、今から時間ある？」

「え？　ありますけど……」

「飯、まだならちょっと付き合えよ」


「んで、なにがあったわけ？　そのおっかない顔」

昼時ということもあり、カフェテリアは多くの生徒たちでごった返していた。

向かいの席に座った櫻田が、そんなことを訊いてくる。テーブルの上の食器は、すでに空だ。食事の間は雑談をするだけでなにも尋ねてこなかったが、櫻田は先ほどの教室の異変に気づいていたらしい。

わざわざ食事に誘ってくれた意図を知り、翔太は驚いて櫻田を見返した。

「そんなに、怖い顔してますか」

「顔もだけど、食ってる間、ぜんぜん喋らないし。いつもはキャンキャンうるさいくせに、わかりやすいんだよ」

（この人、本当に面倒見がいいんだな）

櫻田の軽口は、ちっとも嫌な気持ちにならない。

たまに会話をする程度の後輩を気遣って話に付き合うなんて、いくら寮長とはいえなかなかできることではない気がする。ここしばらく、人とのふれあいに飢えていた翔太は、櫻田の優しさが素直に嬉しかった。

翔太はすこしだけ迷って、一部の生徒と折り合いが悪いことを打ち明ける。依藤の名前は伏せておいた。わざわざ名指しで非難して、大事になるのも嫌だ。

そう話す中で、ふと、しばらく前に櫻田から受けた忠告を思い出した。

その意味を理解し、翔太は力なく息を落とす。

「……先輩が言ってた厄介なことって、こういうことだったんですね」

しゅんと視線を落とす翔太に、櫻田が苦笑を浮かべる。

「一ノ瀬に恋人がいるってのは、有名な話だからな。しかも相手が相手だから、仮に片想いするヤツらが出ても、手を出せなくてさ。みんなが悶々《もんもん》としてるわけ。勝ち目がないってのもあるけど、とても近づけない高嶺の花カップルっつー空気ができあがってるんだよ」

「そこに、おれが空気読まずに色々やっちゃったと」

「そういうこと」

櫻田の話に、翔太は盛大に溜息をついた。

依藤が翔太に絡んでくる理由は、間違いなく圭だ。

先ほど依藤につけられた難癖にも、やはり圭の名前が出てきた。面と向かって嫌味を言われたのは初めてだが、これまでだって圭といるときに睨まれていたのだ。依藤は圭のことが好きなのだろう。他の生徒たちが翔太を避ける理由も、きっと同じだ。

自分たちがずっと我慢していたのに、いきなり現れた翔太が圭の周りをうろちょろとしては、目障りに思うのも当然だろう。

（でも、そんなの、おれが悪いんじゃ……）

そう考えて、翔太の気分がますます暗くなる。

そんなことを言われても、知らなかったのだ。

この学校にそんな不文律があることも、翔太の好きな圭が本当の圭ではなかったことも。

圭に葵という恋人がいたことも。

嘘つきの圭のことなんてもう好きではないのに、なぜだか胸の奥がちくりと疼《うず》いた。子猫の爪で引《ひ》っ掻《か》かれたみたいに、チリチリと小さな痛みが残る。

言葉もなくしょんぼりする翔太を見かねてか、櫻田がぽんぽんと頭を撫《な》でてくれた。

「よしよし、元気出せ」

「子供じゃないですって」

そう言って唇を尖らせるが、沈んでいた気分がすこしだけ軽くなる。

「そのクラスメイトのことは、まあ、気にするなって言っても無理だろうけど。相手にしないのが一番かもな。付き合うだけ時間の無駄だろうし。そんで、もしもこれが続いたり、ひどくなるようなら、対策を考えるか」

「……力になってくれるんですか?」

「正直めんどいけど、話も聞いちゃったしなぁ」

一応は寮長だからと冗談めかす櫻田に、思わず翔太の顔がほころんだ。

「先輩って、意外と優しいですよね」

「なんだよ、知らなかったのか?」

大げさな口振りで、櫻田が言う。

「俺はめちゃくちゃ優しいんだぜ。なんなら、一ノ瀬王子の代わりにこの胸で慰めてやってもいいけど?」

「でもおれ、先輩相手にもよおせる自信がないっていうか」

「俺がネコかよ」

櫻田が盛大に吹き出す。

こうして、誰かとなにげない軽口を交わせることが嬉しかった。

圭のことも、依藤のことも、自分で思っていたよりもずっと気に掛かっていたみたいだ。ささいな会話に、落ち込んでいた気分がふわりと浮上する。

「ま、冗談はいいとして、そのうち新しい恋でもすれば、自然と元気も出るんじゃね?」

櫻田の言葉に、翔太は大きくかぶりを振った。

「おれは今、恋愛なんかにうつつを抜かしてる場合じゃないんです。一刻も早く、圭の本性をみんなにバラさないといけないんで」

「……本性？」

やはり、櫻田も圭の外面に騙されているようだ。ぐっと前のめりになる翔太に、櫻田がしばたたいた。

先ほど、無視して通り過ぎていった圭の横顔が脳裏をよぎり、また胸がつきりとする。

「……先輩は知らないかもしれないけど、圭は、本当は外面がいいだけなんです。あの王子様面なんて、ぜんぶ嘘だし、実はめちゃくちゃ陰険だし。薄情だし、嘘つきだし、意地悪だし、それに……」

「圭が、どうかしたの？」

突然、背後から降ってきたやわらかな声に、翔太は座ったまま飛び上がりそうになる。

いったい誰だと心臓をバクバクさせながら後ろを振り返ると、そこには葵の姿があった。

葵の手には、空の器とトレイが握られている。ちょうど食事が終わったところのようだ。友人らしき数人の生徒と一緒だが、葵と並ぶとなんだか侍従のように見えてしまう。

葵は翔太と櫻田を交互に見つめ、それからにっこりと微笑んだ。

「治仁とタマちゃんって仲がいいんだね。知らなかった」

「タ、タマちゃん？」

おれのことかなと自分を指さすと、葵がふたたび笑ってうなずく。

一度挨拶は交わしたけれど、それ以来ほとんど顔を合わせることもなかったので、その人懐こさに驚いてしまう。しかし葵に愛らしいまなざしを向けられると、ずっと前からの知り合いだったようにも感じるから不思議だ。

圭の恋人だと思うとどうしても身構えてしまうが、それでも、葵自身のことはなんとなく憎めなかった。

「隣、いいかな」

葵は一緒にいた友人たちを先に行かせ、翔太に尋ねる。

こくこくとうなずき、翔太は葵のために、ほとんど意識せずに椅子《いす》をひいた。

葵にはなぜか、そうしなくてはいけないような雰囲気があるのだ。葵は目だけで微笑んで感謝を示すと、スッと腰を下ろす。

翔太はふと、同席した葵に、櫻田の顔が引きつっていることに気づいた。

「……なんで葵がここにいんだよ」

「僕だって、昼食くらいいただくよ」

「カフェテリアなんて、めったに来ないだろ」

ふたりもどうやら顔見知りらしい。二年の葵も敬語を使っていないし、そもそも、櫻田の名前を呼び捨てにしている。それなりに付き合いが深いのだろう。

しかし、櫻田は葵を苦手に感じているようだった。

こんなに可愛くて話しやすい人なのにと、翔太は首を傾げてしまう。

「先輩たちって、知り合いなんですね。学年はちがうのに」

翔太の問いに、櫻田が不満そうな顔で答えた。

「幼稚舎からずっと一緒だからな。まあ、俺らの代からは、だいたいのヤツらがそうだけど」

「先輩たちの代から？」

その疑問には、葵が答えてくれる。

「幼稚舎と初等科の設立が、僕たちの入学の年だったからね」

「へえ、そうなんですね」

なんとなく感心して呟く翔太に、櫻田が言う。

「つか、その幼稚舎自体が、こいつのためにつくられたようなもんだからな」

「…………は？」

「それまでは、うちの学校、中高と大学しかなかったんだよ。それが、こいつの入学に合わせて、わざわざ幼稚舎と初等科を設立したってわけ。どんな親バカだっつー話だよな」

葵の家族がこの学校の運営をしていることは聞いていたが、まさか子供の進学のために幼稚舎をつくったとは知らなかった。親バカの域を超えている。

ぽかんとする翔太を横目に、葵も口を開く。

「そうは言うけど、治仁の家だって、うちとそう変わらないんだよ。苗字の櫻田だって、地名じゃない。町の人にも、坊ちゃんなんて呼ばれてるものね」

「……言うなよ、それ。マジで恥ずかしいんだから」

ふたりのやりとりは現実味がなさすぎて、翔太の耳を右から左へと流れていく。

話しやすく気さくな雰囲気のある櫻田も、この学校に通っている時点でやはりお坊ちゃまなのだと知った。

(金持ちって、本当に金持ちなんだな……)

とりとめもなくそんなことを思う翔太に、葵がにこりと顔を向ける。

「それで、タマちゃん。さっき、圭の話をしてたみたいだけど」

葵にそう訊かれ、翔太はギクリとした。

ちょうど圭の話をしていたところに、葵が通りかかるなんて間が悪い。

恋人の葵に圭を悪く言うことはためらわれ、翔太は視線で櫻田に救いを求める。しかしこの件には関わりたくないのか、あっさりと目を逸らされてしまった。

……圭の本当の性格を知ったら、葵は傷つくだろうか。

恋人だからこそよけいに真実を知るべきだとも思うが、葵の笑顔を見ているとどうしても口が重くなる。

(でも、やっぱ、黙ってちゃダメだよな)

圭の本性を教えて早く目を覚まさせてあげなければ、この人まで自分と同じ犠牲者になってしまう。

迷ったすえに、翔太は圭との出来事を打ち明けた。

圭に恋をしていたことには触れず（すでに噂で知っているかもしれないが）、翔太は自分の知るすべてを葵に話した。本当は意地悪な圭のこと、ずっと騙されていて悔しかったこと、そのすべてを。

意外にも、葵は顔色ひとつ変えずに翔太の話を聞いていた。

「そっかぁ、それはタマちゃんも怒るよね。傷ついちゃったんだ」

翔太の話を聞き終え、葵は気遣うようにそう口を開く。

むしろ同情するように言われ、翔太は目を見ひらいた。

「……怒らないんですか？　おれ、圭のこと、散々悪く言ったのに」

「どうして？　タマちゃんが圭をどう思うかは、僕にはどうにもできないでしょう？　それに、タマちゃんと圭は家族だから、ふたりにしかわからないこともあると思うし」

「それは、そうですけど……」

大人びた、しかし受け取りようによっては醒めて聞こえる葵の意見に、翔太はますます戸惑いを覚えた。翔太の周りにはこんな考え方をする人はいなかったので、どう解釈すればいいのかわからない。

それまで黙って話を聞いていた櫻田が、どこか上の空で口を開いた。

「……つかさ、あの王子様が、ウザいだのバカだの、本当にそんな暴言を吐くのか？」

想像がつかないというふうに、櫻田がテーブルに肘《ひじ》をついた。

「それに、仮に一ノ瀬の性格がお前の言うとおりだとしても、べつに誰に迷惑をかけてるわけでもないんだし、そんなに怒ることじゃないだろ？　心の中でなにを思ってても、分け隔てなく笑顔でいられるなんて、協調性があって結構じゃんか」

「迷惑なら、おれがかけられてます！」

翔太はグッと櫻田のほうに体を乗りだす。

「迷惑どころか、被害者っていうか……。なんか、あいつ、おれにだけ冷たくて、めっちゃ嫌味だし、それなのに学校では優しいままで、……そんなん、腹立つじゃないですか。おれのことなんて、ぜんぜん相手にしてなくて、眼中にもないなんて」

ふいに熱くなる目元を、翔太は瞬きでごまかす。

どうして、圭のことなんかを好きだったのだろう。

誰よりも大切だったのに、その気持ちを圭自身に否定され、真っ暗な森の中に放り出されたような気分だった。抱えていた圭への気持ちが大きすぎたせいだ。突然ぽっかりと空いた胸の空洞を、どう塞げばいいのかわからない。

黙りこんだ翔太に、葵が優しく声をかけた。

「そうだよね、タマちゃんが哀しくなるのもしょうがないよね。圭は、冷たいわけじゃないんだけど、そういうところがあるから」

　そう話す葵に、翔太はきょとんとして訊き返す。

「……先輩は、圭の性格を知ってたんですか？」

「一緒にいれば、なんとなくわかるよ。でも、圭は僕の前でもそんな顔は見せないから、勝手にそう感じてたっていうだけだけどね」

　当たり前のことのようにそう話す葵に、翔太は驚いた。

　子供のころからずっと一緒にいたのに、翔太はちっとも気づかなかった。鈍感な性格だという自覚はあるが、それにしたって、自分はこれまで圭のなにを見ていたのだろうか。

　喉の奥に苦いものが広がる。

（圭は優しくて、可愛くて、引っ込み思案で、それで……）

　必死に昔の圭を思い出そうとしても、頭に浮かぶのはやはり子供のころの微笑んでいる圭だった。今の意地悪な圭ではない。

「でも、先輩は嫌じゃないんですか？　これまでの圭の言葉とか、そういうのが、ぜんぶ嘘だったかもしれないって思って、腹が立ったりしないんですか？」

「そう思ったことはないけどな」

「……ずっと、騙されてても？」

「そんなこと関係ないよ。だって、誰だって、他人に見せたくない顔のひとつやふたつ、あるでしょう？　圭のそういうところが、僕は好きなんだし」

そう笑う葵に、翔太はひどく打ちのめされた。

この人は、圭の意地悪な性格も知りながら、そのまるごとを好きだと言っているのだ。圭の外面だけを見ていた、翔太とはちがう。

だから圭は葵を選んだのだろうかと改めて思い、胸が軋んだ。もう圭への恋愛感情など消えてしまったはずなのに、どうしてそう感じるのか自分でも不思議だった。

昼の終わりを告げる予鈴のチャイムが校舎に響く。

なぜなのか、ひどく乾いて翔太の耳に届いた。

3

ガチャリと扉の開く音を背中で聞き、翔太《しょうた》は机に向かったまま固まった。

卓上の時計に目をやる。十九時をすこし過ぎたくらいだった。寮生が夜食を終えて部屋で過ごしてもおかしくない時間だが、ふだん部屋によりつかない圭《けい》がこんなに早く戻るなんてめずらしい。

点呼まではまだ時間があるのにと、つい身構えてしまう。

翔太はシャーペンを握りしめて、参考書を睨《にら》みつけたまま圭の気配を探った。

きっとすぐに出ていくのだろうと考えるが、予想に反して、圭も自分の机に向かい勉強を始めてしまった。

当然のように会話はなく、部屋には筆記具を動かす音だけが静かに響く。

(なんで、今夜は部屋にいるんだよ)

いつもは葵《あおい》の部屋にいるくせにとそんなことを思い、翔太の表情が険しくなる。

参考書と並べて広げたノートは、まだ真っ白だ。すこしでも進めなければ苦しむのは自分だとわかっているけれど、昼間の葵との会話が頭をよぎり、どうしても集中できずにいた。

ぼんやりと顔を上げ、翔太はそうっと圭のほうを振り返る。

その肩が動き、気づかれただろうかとギクリとするが、机の脇の書籍を取っただけで、圭がこちらを向くことはなかった。翔太はほっとして息を吐く。

(……もしかして、先輩と喧嘩《けんか》でもしたのかな)

それで、今夜は部屋に戻ってきたのだろうか。

自分には関係ないと思いつつ、つい圭のことばかり考えてしまう。

黙って机に向かう圭の後ろ姿は、翔太が好きだった圭となにも変わらなかった。こうしてふたりきりになると、意識が勝手に圭の気配を追いかけてしまう。子供のころからの癖になっているのか、圭センサーは今も感度良好だ。

そうしてしばらく見つめていると、ふいに、圭が溜息《ためいき》をついた。

「なにか用?」

予期せずそう尋ねられ、心臓が口から飛び出そうになる。

なぜ、見られていることに気づいたのだろうか。背中に目でもあるのかとハラハラしつつ、そんな動揺を悟られないよう、翔太はあえて強気に答えた。

「……計画を練ってたんだよ」

「計画?」

「どうやって、お前の本性をバラそうかって考えてんの！」

ふぅん、と、圭がつまらなそうに言う。

「最近、やけにちょっかいかけてくるとは思ってたけど。俺の本性をバラすって話、本気だったんだ？」

圭は振り向きもせずに続けた。

その顔は見えなくても、うんざりしたその口調からどんな表情をしているのかは簡単に想像がつく。話しているときくらいこちらを向けと言いたいが、そう口にするのも負けたような気がしておもしろくない。

「本気に決まってるだろ。お前が心からちゃんと反省しておれに謝るまで、ぜったい諦《あきら》めないからな」

「くだらない」

「く、くだらっ……!?」

「もっと有意義なことに時間を使ったら」

「はっ、はあぁっ？」

切って捨てるような圭の答えに、翔太の怒りが頂点に達する。

大体、勉強を続けながら、片手間に他人と会話をするなんて何様のつもりだ。人と話すときはちゃんと目を見て話しましょうと、そんなことは幼稚園児でも学んでいることだ。

「あー、そうかよ、話しかけたりして悪かったな！　そうやってガリガリ勉強してりゃ、さぞ有意義だよな」

「そうだな。意味もなく、ぼけっと真っ白なノートを眺めてるより、ずっと有意義だよ。あの人たちに高い学費を払わせといて、それじゃ話にならないんじゃない？」

「……あの人たちって」

それが祖父母を指しているのだということに、すぐには気づけなかった。

熱くなっていた頭が冷めて、圭の嫌味も素通りしていく。

他人行儀な呼び方に見えない壁を感じ、たまらず翔太の表情が曇った。家族を拒絶するような圭の言葉に、翔太の心がひりひりと痛む。

「あのさ……、お前ってやっぱ、祖父《じい》ちゃんたちに気を遣って、この学校を選んだんじゃないの？」

そう感じずにはいられず、翔太が尋ねる。

それもないとは言わないけどと、圭が答えた。

「一番の理由は、この前話しただろ」

自分と離れるため、という圭の発言を思い出し、翔太は手にしたままのシャーペンを強く握りしめた。

——本当は祖父母のためで、この前の話は冗談だ。

無意識にそんな返事を期待していた自分に気がついて、空しくなる。今さら、圭になにを期待しているのだろうか。今の薄情な圭が本当の圭なのに、心の底では受け入れられずにいる自分にもがっかりした。

「圭の嘘つき。外面《そとづら》王子。イイ子ぶりっ子」

ぼそりと零《こぼ》した翔太の悪態に、圭がようやくこちらに体を向けた。

「どう受け取るかはお前の勝手だけど、俺はただ、よけいな波風を立てたくないだけだよ。へんに目立ちたくないんだ。周りがうるさいのも、自分のことにとやかく口出しされるのも嫌いなんだよ。それなのに、この顔でバカみたいに人がよってきて」

「……なにそのナルシスト発言」

「客観的な評価だと思うけど」

真顔で答える自信家に、翔太はドン引きしてしまう。

「大人しくして適当に笑っておけば、必要以上にはうるさくならないから」

「適当にって……、そんなん、周りをバカにしてんのと一緒じゃん！」

「そんなつもりはない」

「圭がそう思ってたって、それって、お前のことを好きって言ってる人たちのことを騙《だま》してるのと同じなんだって。友だちも、恋人も、みんな。……葵先輩だって、お前のことが」

好きなのにと言いかけて、やめた。

なんとなく、圭とは葵の話をしたくなかった。そうすることを、体のぜんぶが拒んでいるみたいだ。胸の辺りがざらついて、言葉が鉛のように重くなって沈む。

そんな翔太に、圭の表情がはっきりと険しくなった。

「──葵さんには、もう近づくなよ」

「は？」

「それだけは、言っておかないとと思って」

「なにそれ」

「なにって、そのままの意味だけど」

「……まさか、それを言うために、今夜は部屋に戻ってきたわけ？」

恋人の葵につきまとうなと、そう忠告するために本当はいたくもないこの部屋にいるのだろうか。ふだんはろくに会話もしないくせに、翔太にそう釘を刺すために？

さすがに黙っていられず、翔太は反論した。

「おれから近づいたんじゃない！」

いくら嫌いだからといって、葵と話しただけでそんなふうに言われてはたまらない。あちらから声をかけてきたのにと、悔しさでいっぱいになる。

「てか、圭、お前、マジで性格悪いよ！　……今日だって、おれが依藤《いとう》たちに絡まれてるのを知ってて、無視しただろ！　あのとき目が合ったの、ちゃんとわかってるんだからな！」

きつく睨みつける翔太に、圭が億劫《おっくう》そうに目を細めた。

「それが?」

「それがって……」

すげない圭の答えに、翔太は愕然《がくぜん》としてしまった。

圭は本当に、自分に欠片《かけら》ほども興味がないのだと、改めて思い知った。だから翔太がどんな目に遭っても、その心が動かないのだ。

圭は醒《さ》めた表情のまま続けた。

「この際だから言っておくけど、お前は他人のことを非難する前に、もうすこし自分の行動を顧みたほうがいいんじゃないか? 楽天的なのも結構だけど、それに振りまわされて迷惑してる人がいるってことも、ちゃんと理解しておいたほうがいい」

「自分が迷惑してたって、そう言いたいのかよ」

「よくわかってるじゃないか」

容赦なく言い、わずかに眉間《みけん》の皺《しわ》を深くする。

「だいたい、お前がそんなだから、こんなところにまで来て、嫌な目に遭うことになるんだ」

「そんなこと言ったって、もう来ちゃったもんはしょうがないじゃん!」

「本当に、なんでここまで来たんだよ」

「なんでって、それは……」

お前を追いかけてとは、今の圭には言えない。言いたくない。

翔太が言葉に詰まっていると、圭がぽつりと零した。

「……やっと、離れられたと思ってたのに」

「……え？」

その声がどこか重く聞こえたのは、気のせいだろうか。

圭は失言だったというように視線を逸《そ》らす。

しかし今の翔太にはどうでもいいことだった。圭はずっと、自分から離れたいと思っていて、今もその気持ちのままでいるのだ。それをはっきり告げられただけで充分だった。

そこまで嫌われていたのだと、そう思い知らされただけで、圭を諦めるには充分すぎる。

（圭のことなんか、もうとっくに好きじゃないけど……）

苦く引きつる喉《のど》の痛みを感じながら、心の中でそう呟《つぶや》いた。

バカみたいだ。ここまで迷惑に思われていたことにも気づかないで、圭を守るのは自分だと、一途に信じていたなんて。

子供のころの、圭と過ごした思い出やなにもかもが、鮮やかだからこそ悔しかった。

圭は翔太にくるりと背を見せて机に向き直る。

「なんにしても、俺には関係ない」

それだけを言うと、圭はふたたび勉強に戻った。

これ以上話しかけるなと、その背中が言外に告げている。一方的に話を打ち切られ、翔太の胸の奥がちりちりと焦げつくようだった。

圭の後ろ姿を見つめたまま、呟く。

「ホントの圭なんか、嫌いだ」

圭はなにも答えない。こちらを振り返ることもしなかった。

大きくなる胸の痛みには気づかないふりをして、翔太も机に向き直った。


体育大会も週末に迫った月曜日。

実行委員の翔太は、打合せだなんだと慌ただしく、放課後も毎日準備に追われていた。

おかげで、よけいなことを考える時間がないのはありがたい。体を動かすのは好きだし、役目に夢中になっていたらあっという間に時間が過ぎるからだ。

——薄暗い体育倉庫から一歩外に出ると、午後の日差しの眩《まぶ》しさに目が眩《くら》んだ。

当日使用する備品の確認を終えたところだ。倉庫の中は換気が悪く、気づくとジャージが埃《ほこり》まみれになっていた。

軽く埃を払い、ふと気づく。

（あ、やべ……、プリント忘れた）

これからまた進行確認の打合せがあるが、教室の引きだしに議事録を置いたままだったことを思い出した。翔太は一旦、実行委員たちと別れて教室に戻ることにする。

近道をするため、中庭を突っ切って進んだ。

放課後の学校は、部活生たちでそれなりに賑《にぎ》やかだ。管楽器のロングトーンや甲高い球音を遠く聞きながら走り抜ける。

そうして足を動かしていると、間の悪いことに見覚えのある三人組の姿が視界に入った。

翔太の進む先、中庭中央にある噴水のそばで、依藤と宮田《みやた》、大木《おおき》が笑い合っている。

(何やってんだ、あいつら)

部活動というわけでもなく、ただたむろしているように見える。つい身構えるが、関わらないのが一番だと、知らないふりで走りつづけた。

しかしあいにく、依藤たちも翔太に気がついたようだ。

ピタリと会話を止め、三人同時にこちらに目を向けてきた。

にやけ笑いにカチンとくるが、相手にするだけ時間の無駄だと気を取りなおす。

(無視、無視!)

櫻田《さくらだ》のアドバイスに従って、目も合わせずにひたすら進む。しかしちょうど三人の横を通りかかったとき、ぐんっと体が傾《かし》いだ。

強く、腕が引かれる。

「え——……」

なにを思う間もなく、翔太の体に冷たい衝撃が走った。

——気がついたら、翔太は噴水の中に尻をついていた。水に浸《ぬ》かった下半身はもちろん、跳ね返った滴で髪の毛まで濡れている。

突然のことに呆然《ぼうぜん》とする翔太の頭上で、ドッと笑いが起こった。

「ごめんな、玉井《たまい》！　まさか、こんなに吹っ飛ぶなんて思わなくて」

ボケッとしてるから、と依藤が笑う。

「すげぇ、びしょ濡れ」

「ジャージだし大丈夫だろ。つか、汚れを落とせてちょうどよかったな。早く着替えないと風邪ひくぜ？」

にやける依藤と大木に、宮田がおどけたように言った。

「え？　バカは風邪ひかないだろ？」

ぽたりと、髪の先から大きな滴が垂れる。

他人ごとのようにその様を視界に映し、ようやく状況を理解する。依藤が自分を突き落としたのだとわかり、ほとんど無意識に体が反応していた。

「……ったま来た」

翔太は依藤の腕を掴《つか》み、力いっぱい噴水の中に引きずり込む。

「ってめ、おいっ！」

抵抗はほとんどなかった。

制服姿の依藤が、派手に転んで頭からずぶ濡れになる。本当は他のふたりも道連れにしてやりたかったが、一気に三人は無理だったのでしかたがない。

くだらないヤツらだとは思っていたが、ここまで子供じみたことをするとは思わなかった。いいところのお坊ちゃまが聞いて呆れる。

悪口程度ならば聞き流せるが、ここまでされて黙ってはいられなかった。翔太の気の短さは筋金入りなのだ。

次はお前らだと宮田たちに目を向けると、翔太と同じくびしょ濡れになった依藤が摑みかかってきた。

「…っに、すんだよ！」

「同じことをやり返しただけだろうが！」

胸を激しく突かれ、背中から倒れそうになるのをどうにかこらえる。

そのまま、噴水の中で取っ組みあいになった。

互いの衿元《えり》を摑み合っているうちに、ふたりして噴水から転げ落ちてしまう。通りすがる生徒たちが、真っ青な顔で「きゃ」と女子生徒のような声を上げた。

幸か不幸か、中庭にはあまり人気はないが、騒ぎの様子に生徒たちがちらほらと足を止めている。この学校で喧嘩などめずらしいのか、遠巻きにこちらを眺め、ずいぶん動揺しているようだった。

先生に、という声が耳に届くが、今はそんなことはどうでもいい。

がくんと、ずぶ濡れになった体を後ろから羽交い締めにされ、動けなくなった。宮田は見た目どおりの馬鹿力で、とても拘束を抜けられない。

不自由な体勢でジタバタと暴れ、翔太は叫んだ。

「放、せっ！　やることがセコいんだよ！　三人いないと喧嘩もできないのかよっ、この卑怯《ひきょう》者！」

「卑怯なのはお前だろうがっ！　お前のせいで先輩も——っぐ！」

そう叫ぶ依藤の腹を、自由になる足で翔太は思いきり蹴り上げる。

「ぐっ……！」

「なにがおれのせいだ、意味わかんねんだよ、バーカ！」

「つざけんな、この猿！」

人数差もあり、勝ち目がないことはあきらかだ。

それでもこうして暴れていると、これまでの鬱憤《うっぷん》が一気に晴れるようだった。爽快感《そうかいかん》さえ覚える。元々、やられっぱなしで引き下がるような翔太ではないのだ。

(もっとこっちに来い、ぜってー噛みついてやるっ)

翔太は目を血走らせ、依藤だけを睨みつける。せめてこいつだけは負かしてやると、そう内心で誓う。

しかしすぐ目前で依藤にこぶしを振り上げられ、翔太は咄嗟《とっさ》に目をつむった。

「……っ！」

衝撃を覚悟して、歯を食いしばる。

けれど、どれだけ待ってもこぶしは襲ってこなかった。それどころか、後ろから拘束していた腕の力がゆるみ、体が自由になる。

（なに……？）

そっと目を開けると、すぐ前に見慣れた背中があってドキリとした。

依藤たちから庇《かば》うようにして、圭が翔太のすぐ前に立っているのだ。

「圭……？」

「そのへんでやめてあげて」

驚いたことに、依藤が振り下ろそうとしていた腕を、圭が握って押さえていた。

妙に落ち着きはらった口調で、依藤に告げる。

「学校で暴力沙汰《ざた》なんて、問題にしたくないだろ？　教員を呼びに行った生徒もいるみたいだし、このまま騒いでると大事《おおごと》になる」

教員という響きに、三人が戸惑うように顔を見合わせる。

依藤は圭から気まずそうに目を逸らし、掴まれたままの腕をほどいた。顔をうつむけて、複雑な表情で唇を噛んでいる。

「でもっ、一ノ瀬《いちのせ》、こいつ……」

依藤のかたわらでそう叫ぶ大木を一瞥《いちべつ》するが、圭はなにも言わない。

そして翔太の腕を引き、三人の間から連れ出した。勢いよく引かれたせいで翔太は圭の胸にもたれるようになり、その制服を濡らしてしまう。

「行こう」

圭はそれだけ言うと、翔太を引きずるようにして歩き出した。

しかし、翔太はまだ依藤に噛みついていない。半端に中断したことで腹の虫が収まらず、翔太は圭の背中に訴えた。

「放せよ、……つか、お前まで濡れてるし」

「放したら、戻ってあいつらに殴りかかるだろ？」

「あったりまえだろ！」

子供のころから何年も一緒にいただけあって、圭には翔太の行動などお見通しのようだ。

心底呆《あき》れたような圭の口振りに、さらに怒りが大きくなる。

「ていうか、そうだとしてもお前には関係ないんだろ！　だいたい、やめてあげてってなんなんだよ。おれが、依藤たちに負けてたみたいじゃんか！」

キャンキャンわめく翔太に構わず、圭はまっすぐ歩き続ける。

「おい、無視すんな！　どういうつもりなんだよ？　どうせ、また得意のかっこつけなんだ

ろ？　圭の外面ヤロー！」

「本気でそう思ってるんなら、お前って本物のバカだな」

「バカって言うな、バカっ」

それには圭はなんの反応も示さないが、ふと、その背中がひどく苛立《いらだ》っていることに気づいた。翔太の腕を摑む、その力も強い。

翔太の軽率な行動に、圭は本気で怒っているのだ。

（……なんだよ、そんなに怒るくらいなら放っておけばいいのに）

自分から面倒事に首を突っ込むなんて、本当ならば圭が一番嫌いそうなことだ。それなのに勝手に仲裁して、腹を立てられても、翔太にはどうしようもない。

しかし、ある考えが頭に浮かび、翔太の心が大きく揺れた。

もしかして、いや、まさかと散々迷い、翔太はおそるおそる尋ねた。

「おれのこと、……心配して、助けてくれたわけ？」

翔太の問いかけに、圭がぴたりと立ち止まる。

なんとなくドキドキしながらその反応を待っていると、握られていた腕をいきなり放された。

こちらを振り返り、圭が不機嫌そうに告げる。

「バカなうえに単純だよな」

「な、なんだよ！」

「不本意だけど従兄弟《いとこ》だし、ここで問題を起こされると俺が迷惑なんだよ」

圭の答えに、一瞬浮かび上がった心が、ぺしゃんと地に落ちる。

周りがうるさいのは嫌いだと、圭はあの日、はっきりそう言っていた。そのために、当たり障りない態度で笑顔でやり過ごしているのだとも。

そもそも、圭が自分のために動くわけがないのだ。

わかっていたはずなのに、いまだに見当違いな期待を抱いてしまう自分に呆れてしまった。

そのうえ、圭の素っ気ないひと言にもいちいち落ち込んでしまうのだから、単純だと言われてもしかたがない。

翔太は濡れた頰《ほお》をかいて考え込み、それから小さな声で謝った。

「……悪かったよ」

不意を突かれたように、圭がかすかに眉をひそめる。

「目立つようなことしたのは、ごめん」

理由はどうであれ、圭に迷惑をかけてしまったのは悪かった。

自分からけしかけた喧嘩ではないけれど、それでも翔太の短絡的な行動で影響を受けるのは、従兄弟の圭だ。

めずらしくしおらしくなった翔太を、圭は黙って見返していた。

その無表情からは、なんの感情も読みとれない。しばらくそうしたあと、圭がポケットからハンカチを取りだして、差し出してきた。

「……なに？」

「口元、血が滲《にじ》んでる」

摑み合ったときに口の中が切れたのだろうか。血が出ていると聞いて、今さらながらジンジンと疼《うず》くような痛みを感じた。たしかに、わずかに鉄の味がする。

胸元にハンカチを押しつけるようにされ、翔太は慌てて受け取った。しかし取り損ねて、地面にパサリと落ちてしまう。

ハンカチを拾うために翔太が屈《かが》むと、圭がこちらを見下ろして口を開いた。

「この学校、やめたら？」

「え？」

「本当はわかってるんだろ？　自分が、周りから浮いてるってこと」

逆光になって、圭の顔が影になる。

だから、今の圭がどんな表情をしているのか、翔太にはわからなかった。ただ、妙に淡々とした声が、翔太の心を上滑るようにして流れていく。

「それでもこの学校に残る意味があるのか？　お前は地元のほうが合ってるだろ。それに、ここまで来た理由が俺だっていうなら、もう理由なんてないはずだ」

「それは」

「お前の好きな俺なんて、どこにもいないんだから」

お前がそれを言うのかと、たまらず喉が詰まる。

「そんなこと、わかってる……」

しゃがみ込んだまま答える翔太に、圭が告げた。

「お前には合ってないよ、こんな学校」

逆光にわずかに目が慣れて、見上げた圭の表情がぼんやりとかたちになる。その顔がどこか歯がゆそうに見えて、翔太は自分の目を疑った。

しかし圭はそれきりなにも言わず、翔太を置いてこの場を去ってしまった。

翔太は濡れた体のまま、圭の消えた先を見つめる。寮に戻ったのだろうか。

圭がなにを思って退学しろと言ったのかと考え、胸をふたつに引き裂かれたように感じた。

……そこまで、自分という存在は、圭にとって迷惑なのだろうか。

喧嘩っ早く、すぐに騒ぎを起こしてしまうし、落ち着きもない。静かに過ごすことが望みだという圭の邪魔になっていることくらい、さすがにわかっている。だからといって、今さらおとなしくする気も、できる気もしなかった。

時間が経って痛み出す頬を、翔太は濡れてひやりとした指先で押さえた。

「やば、会議……」

そう呟いて、落ちたままだったハンカチを拾う。

翔太は小さく肩を落とした。体育大会の会議は、もうとっくに始まっているだろう。教室にプリントを取りに行って、それから多目的室に。このままの格好では参加できないので、大急ぎで着替えも済ませなければいけない。

そんなふうに思っても、すぐには立ち上がる気力が湧《わ》いてこない。

手の中のハンカチは、砂がついて土色に汚れていた。


その日の夜。翔太は寮のベッドに寝転んで、圭との会話を思い返していた。

もうすぐ点呼の時間だから、そろそろ圭も戻ってくるはずだ。

この学校が翔太には合っていないという、圭の言葉が頭をよぎる。落ち着かない気持ちで天井を見つめた。

(……圭の言うとおりなのかな)

大の字になって、ぼんやりとそんなことを考える。

(でも、自分まで濡れて、しかも他人の喧嘩に乗り込むとか、圭のほうこそめっちゃ目立ってるし。……目立つのは嫌いだって言ってたくせに、バカなのは圭だ)

内心で悪態をつきながらも、胸がぎゅっと締めつけられるようだった。

理由はどうであれ、圭が割って入ってくれたおかげで、依藤たちと摑み合ったことが問題にならずにすんだのだ。教師に知られていたら、祖父母にも迷惑をかけていたかもしれない。それに認めたくはないけれど、三対一では翔太に勝ち目はなかった。

翔太を心配しての行動ではないと、圭はそう言っていた。ただ、従兄弟に問題を起こされると迷惑だからと。

それはきっと、事実だ。

それでも、圭が翔太を庇い、助けてくれたことにはちがいなかった。時間が経って冷静になれば、素直にそう感じることができる。

（ありがとうって、言えばよかった）

直情的で、頭よりも先に体が動く。そんな翔太だからか、一番に伝えなければいけない言葉は、後になってからようやく自分の中でかたちになった。いつもそうだ。

嬉《うれ》しかったと、たったのひと言なのに。

その場では、そんな簡単な自分の気持ちにさえ気づけずにいる。

かちゃりと部屋の扉が開き、翔太は跳ね上がるようにして上体を起こした。

ベッドの上で姿勢を正し、帰ってきた圭を見上げる。しかし圭は、こちらに目を向けることもしなかった。黙ったまま、いつものようにさっさと自分の机に戻る。

翔太はにわかに緊張しながら、圭の背中に呼びかけた。

「おれ、やめないから！」

きっぱりと迷いのない翔太の発言に、圭がいぶかしげに振り返る。

圭はかすかに眉をひそめ、理解できないとでも言いたげに首を傾げた。

「ここにいても、意味なんかないのに？」

「それはそうだけど、……それでも」

ジッと見上げる翔太に、圭が「ああ」と呟いた。

「あの人たちなら、お前が転校したいって言っても怒りはしないと思うけど。むしろ、地元に戻ってきたら、喜ぶんじゃないのか」

「祖父ちゃんたちのことも、もちろん考えたけど……」

たしかに、祖父母のことも考えた。今から地元に戻るなんてという、翔太なりの見栄もある。

そもそも、学校なんてそう簡単にやめられるものではない。

しかしそうした建前を差し引いても、翔太はこの学校を離れる気にはなれなかった。

圭の言うように、博修学院《はくしゅう》は翔太にとってはそれほど魅力的な学校ではない。

苦労して入学した名門校だし、卒業すればそれなりに箔《はく》が付くけれど、周囲と折り合わないまま三年を過ごすのかと思うと、当然気が重かった。まだ目指している大学があるわけでもないので、授業の水準も今ほどの高さでなくても構わない。

なにより一番の目的だった圭は、すっかり豹変《ひょうへん》してしまった。

それでもと、翔太はまっすぐに圭を見つめる。

「おれが、やめたくないんだ」

「どうして？」

「おれにもよくわかんないんだけど……、なんとなく嫌なんだよ。今やめたら、この先ずっと、モヤモヤしながら生きていかなくちゃいけないような、そんな気がして」

自分でも理解できていないものだから、上手に言葉にできない。

ただ、このまま圭から離れるのは嫌だと思う、その気持ちだけはたしかだった。

翔太の知らない三年間を、圭はこの環境の中で過ごしてきたのだ。だから翔太は、知りたいと思った。取り澄ました顔の下で圭がなにを感じて暮らしているのかを、そばにいて感じたかった。

不思議だけれど、圭に助けてもらったことで、翔太ははっきりそう思うようになっていた。

それに、考え方が変わったことで、ずっと胸にわだかまっていた靄《もや》がすっきりと晴れていることにも気がついた。あれだけ反発して、圭の本性を学校中にバラしてやると息巻いていた自分が、現金だとは思うけれど。

それでも、今まで隠れて見えなかった気持ちの尻尾《しっぽ》を、やっと掴んだような気分なのだ。

もうすこし。あとすこしで、はっきりわかるような気がしている。

そんな要領を得ない翔太の返答に、圭が溜息をついた。

「それなら、好きにすれば」

「うん、好きにする」

「……次になにがあっても、俺はもう関わらないから」

「大丈夫。喧嘩なんかもうしないし、目立つこともしない。約束する」

自信満々に笑う翔太に、圭がわずかに目を大きくした。

これまで怒ってばかりいた翔太が笑いかけたことを、怪訝《けげん》に思っているのかもしれない。しばらく探るように翔太を見つめ、それから肩を竦《すく》めた。

ほんのすこしだけ、圭の表情がやわらかくなる。

「どうだか」

「本当だってば。これからは、ちゃんと我慢するから」

「子供のころからそう言ってたけど、できたためしなんかないだろ。許せないことがあると、大人が相手でもすぐに掴みかかって」

「……そうだっけ」

「そうだよ。しかも、喧嘩っ早いくせに弱いんだよ。いっつも負けて、あちこちに怪我をして泣いたりもして」

子供のころの失敗談に、翔太もさすがに気恥ずかしくなる。

翔太は照れを隠すように腕組みをして、圭から顔を背けた。

「一対一なら、負けなかった！　……だいたいさ、あいつら、みんな卑怯なんだよ。大勢で一気にかかってくるから」

「それなら、今日も放っておいたら泣いてたかもな」

「泣かねーよ」

赤面して反論はするが、すぐに涙が込み上げる自分を自覚しているから、それ以上は言い返せない。こんなときに子供のころの話なんて反則だと、妙にこそばゆい気分だった。

視線だけをちらりと圭に向けると、ふっと、視線が重なる。

「ほんと、……あいかわらず単純」

圭がそう言って、その目元をやわらかく細める。

思わずというような圭の笑顔に、翔太の胸が大きく弾んだ。

圭の笑顔なんて、これまでだって何度も見たことがあるはずだ。けれど、今の圭が浮かべている、気負いのない表情は、翔太が初めて目にするものだった。

（あれ、……なんか、今、すごく普通じゃないか？）

翔太はふと、圭と身構えることなく話していることに気づく。

外面の圭ではない、本当の圭と向かい合っていることに、ふわりと足元が浮いているような気分になった。なんだか、雲の上にでもいるみたいだ。圭が心を許してくれたように感じて、胸の奥が落ち着かなくなる。

ゆるむ頬もそのままに、翔太は高揚した気分で圭に尋ねた。

「……あのさ」

「なに？」

「昼間、おれが喧嘩してたとき、……ほんとは、ちょこっとくらいは、圭もおれのことが心配だったんだろ？」

ドキドキしながら、前のめりになってそんなことを訊《き》いてみる。

圭は一瞬固まったようになるが、すぐにいつもの素っ気なさを取り戻した。

「迷惑をかけられたくないだけだって、そう言わなかったっけ？」

「言ってたけど、でも、本当はそれだけじゃないんだろ？　素直になれよ」

「……素直に言ってるんだけど」

圭の毒舌にも、今はもう嫌な気持ちにはならない。

たんに冷たくあしらわれることに慣れたのか、それとも、他に理由があるのかはよくわからないけれど。

「なんだよ、照れることないのに」

笑ってそう言うのと同時に点呼の号令がかかり、ふたりで廊下に出た。

圭と扉の前に横並びに立ち、……そういえば、昼間の礼を言いそびれていたことを思い出す。

ちらりと圭を見ると、その横顔にはすでにいつもの外面が貼りついていた。

（……あとでいっか）

今は声をかける気になれなくて、翔太は心の中でそう呟いた。

4

初夏のグラウンドに、若い歓声が響き渡る。

五月最後の土曜日。体育大会当日だ。

気候は少々肌寒いが、動き回っているうちに半袖《はんそで》でも暑いくらいになっていた。風もすくなく、青空が広がり、まさに体育大会日和だ。

翔太は選抜リレーのアンカーを走り抜き、クラスのテントに戻った。途中で、同じく選手の圭と一緒になる。翔太がバトンを受け取ったのは、第三走者の圭からだった。

組は三学年混合の縦割り編制になっており、翔太たちは赤組だ。

「惜しかったな、圭。前のヤツ、もうちょっとで追い越せたのに」

「チームの結果は一位だから、べつに」

いつもの素っ気なさで答える圭に、翔太は頬をかく。あいかわらず張り合いがないなとタオルで汗を拭《ふ》いていると、ついでのように圭が言った。

「アンカーが抜いたから、問題ないだろ」

「当然！」

圭の言葉に嬉しくなり、翔太は満面に笑みを浮かべる。

自慢ではないが、足の速さには自信があった。これまでの小・中学校時代、陸上部員にだって一度も一着を譲ったことがない。

依藤たちと摑み合った日から、翔太と圭はたまに会話を交わすようになっていた。

あの日を境に、圭の雰囲気がほんのすこしだけやわらかくなったからだ。態度はつれないいまだし、圭から話しかけてくることはめったにないが、それでも、以前、圭の周りに張り巡らされていた壁を感じることはほとんどなかった。

学校や寮内でも、互いのタイミングが合えば一緒に行動することもある。

ウザいだの面倒だのという憎まれ口は変わらないから、状況が改善したわけでも、仲直りをしたわけでもない。それなのに不思議と、翔太はあれ以来、圭に腹を立てるということがなくなっていた。

——唐突に、観客席から黄色い歓声が湧き起こる。

観客席を埋め尽くす女の子たちの熱気に、翔太は気圧《けお》されてしまった。

「……ていうか、女の子のお客さん、ホントに多いんだ」

「中等科のときはそうでもなかったけど、こっちはすごいな」

「ろくにバスの本数もないのに、ここまでどうやって来たのかな。めっちゃ山道なのに、歩きじゃないだろうし」

「臨時でバスを増やしてるとは聞いたけど」

来校者は女子ばかりだという話だったが、正直、想像していた以上だ。名門男子校の生徒というのは、それだけで女の子にとって一種のステイタスなのだろう。

虎視眈々《こしたんたん》と彼女の座を狙う女の子たちは、例外なく、みんなが服もメイクもばっちりの完全武装だった。

男子校まで乗り込んでくるだけあって、そこそこに大胆で、それなりの自信を持っているような可愛《かわい》い子ばかりだ。汗と気合いの体育大会だというのに、心なしか、グラウンド中がふんわりと甘い香りに包まれている。

他人事《ひとごと》のようにそう思いながらも、翔太だって溢《あふ》れかえる女の子たちに嫌な気はしない。

「あのぉ、……写真、撮ってもいいですか？」

そう声をかけられ、翔太と圭が同時に振り返る。

そこには、制服姿の女の子がふたり、照れくさそうにして立っていた。

「もちろん」

圭は瞬時に外面スマイルを浮かべて、デジカメを受け取ろうと手を差し出す。そんな圭の完璧な微笑みに、ふたりの顔がますます赤くなった。

「あ、そうじゃなくて、よければ、一緒に」

女子特有の甘い声と上目遣いにドキリとするが、その目が圭を見つめていることが、無性におもしろくなかった。

圭が人目を惹く容貌《ようぼう》だということくらいわかりきっているのに、圭ばかりがモテて今さら嫉《しっ》妬《と》でもしているのだろうか。

(なんっかムカつく……)

翔太がそう思って顎《あご》に梅干しをつくっていると、すこし離れた場所から、小倉《おぐら》が手を振りながら走ってきた。なんだかひどく慌てているように見える。

係の人手が足りず、翔太を呼び戻しに来たようだ。

胸のモヤモヤは消えないが、翔太は呼び出しに応じて圭たちの元を離れた。本部のテントに戻りながら後ろを振り返ると、やんわりと撮影を断る圭の姿が目に映った。圭が断ったことに、なぜだかひどくほっとする。

そんな自分に違和感を覚える余裕もなく、翔太は慌ただしく運営にくわわった。

今日は一日、競技への参加だけでなく大会の運営にも追われていて大忙しだ。人手はどれだけあっても足りない。担当している備品準備の他にも、手が空けば記録係や審判係としてすぐに駆り出された。

基本的にお祭り好きな翔太なので、そんな忙しさも楽しいばかりだ。

特に大きな問題もなく、順調に大会が進行していく。昼食も立ったまま口に詰め込むようにして終え、あっという間に午後の部も大詰めを迎えていた。

残るプログラムはフォークダンスのみだ。

生徒たちにとっては裏のメインイベントということもあり、全体の雰囲気がどこかそわそわと高まる。

係全員で軽くグラウンドを均《なら》し、準備を終えて集合のアナウンスが流れた。男子生徒たちはもちろん、飛び込みの女の子たちも続々と並んで輪を描く。

翔太も参加するため、見知らぬ女の子の横に並んだ。

重ねた白い手がやわらかくて、妙に落ち着かない気分になる。翔太が女子に免疫がないだけなのかとも思うが、周りの生徒たちも似たりよったりだった。純粋培養の生徒たちの中には、かちこちに固まって電池が切れたようになっている者もすくなくない。目も合わせられないぎこちない空気が、気まずくも甘酸っぱかった。

圭のことがちらりと気になるけれど、目にしたらなんとなくまた嫌な気分になりそうで、あえて見ないように心がける。

曲名がアナウンスされ、ついに音楽が流れはじめた。

フォークダンスの定番ソングだ。生徒たちの硬いエスコートに、女の子もアドリブで対応する。踊りはじめたら徐々に緊張もやわらぎ、楽しげな雰囲気が広がっていく。

しかし、ひとりめの女の子との踊りが終わり、次のペアに移ろうとした、そのとき。

――突然、ブツリと音楽が途切れた。

それきり音がなくなり、スピーカーはうんともすんとも言わなくなる。

(なに？　なんかトラブル？)

何が起こったのか、翔太はもちろん、周囲の生徒たちもわかっていないようだ。グラウンドにざわざわと動揺が広がる。

翔太が本部に目を向けると、泣きそうに青ざめている小倉の姿が目に入った。

「……ごめん、ちょっと！」

悪いと思いつつペアの女の子を残し、翔太は慌てて本部に向かう。

本部のテント内は、ひどく緊迫していた。小倉や、他にも数名の生徒たちが、機材を必死に調整している。

「小倉、音楽は？」

「……いきなり、止まっちゃって…、なんで……!?」

どうやら、機材のトラブルらしい。音響担当の小倉は、今にも泣き出しそうになっていた。

予想外のことに、頭が真っ白になっているようだ。

これがまだ、徒競走や綱引きであればよかったかもしれない。しかしフォークダンスは、生徒たちにとって夢と希望の詰まったもっとも重要な種目だった。年に一度、ふだんは山深く閉ざされた学校内で暮らす男子たちが、唯一、女子と触れあえる貴重な時間なのだ。

動揺は不穏へと変わり、日頃は温和な生徒たちが徐々に殺気立ってくる。

そんな生徒たちの様子に、小倉の顔面からさらに血の気が引いていく。

小倉は追い詰められ、ついに泣き出してしまった。

「ど、どうしよう、僕……」

「ちょっ、泣くなって！　大丈夫だから！」

とても見てはいられず、翔太までひどく焦ってしまう。他人の涙には弱いのだ。音響係ではないからと放っておくことなどできない。

何かいい方法はないだろうか。翔太は常にはないほど頭を回転させ、辺りを見渡した。

なんとかして小倉を助け、この窮地を乗りきらなければと、そのことしか考えられない。

――だから自分でも、自分の行動を把握することができなかった。

（あれだ！）

視界の端に、長机に置かれた拡声器が映る。

翔太は無我夢中で拡声器をひっつかみ、ぴゅんと飛ぶようにして走り、朝礼台にのぼった。

そして迷いなく拡声器のスイッチを入れる。ほとんど反射的に、先ほどまで流れていたフォークダンスの音楽を歌って踊り出した。

音楽がなくても生徒たちが一緒に歌って踊ればなんとかなると、我ながら無茶苦茶だが咄嗟にそんな判断をしたのだ。

しかし体育は得意科目でも、音楽の成績はさっぱりな翔太だ。

夢中になって歌ったところで、音はずれるし、リズムもなにもあったものではなかった。――なにより、いきなり壇上に上がって歌い踊り出した翔太に、みんなはシンと静まり返っている。生徒も教師も保護者も女の子も全員が、奇異の目を翔太に向けていた。

ドン引きだ。

サッと潮の引いたようなグラウンドの沈黙に、今度は翔太が青くなる番だった。

絶体絶命だ。翔太にはもうどうしようもなくなってしまう。なんとか助けようと動いたつもりが、ますます最悪な状況に陥らせてしまった。

ドッと冷や汗が吹き出し、拡声器のハウリングが耳をつんざく。

(お、……終わった)

このまま卒倒したい気分になっていると、ふいに、輪の中にいるひとりの生徒が声を上げた。

櫻田の声だ。

「音痴すぎ！　そんなんじゃ踊れねぇよ」

飛んできたヤジにドキリとするが、櫻田はおもしろそうに笑っている。

そしてペアの女の子から手を離し、手拍子を始めた。人のことを音痴だと言いながら、櫻田もピッチの安定しない歌声を披露する。前後左右の生徒たちにも、手を叩《たた》くように明るく促していた。……見かねて助けてくれたのだろう。

櫻田のおかげで空気が変わり、周囲の雰囲気が一気にやわらぐ。

（……助かった？）

あちこちから笑いが起こり、気づけば、実行委員たちも拡声器を持って一緒に歌っていた。他の生徒たちも声を張り上げ、手拍子とアカペラの輪が広がり、飛び火して、大きなひとつの円になる。

壇上に立つ翔太は、妙な高揚感とともにその輪を見ていた。

胸の高鳴りが止まらず、フォークダンスそっちのけで適当に体を音楽に乗せる。人の声が波になって、広がる一体感に心が弾んだ。

歌声もバラバラで、拍子も外れている。やけに泥臭いダンスの輪だけれど、それでもさっきよりもずっと盛り上がっていた。

そうしてようやく音源が復活し、翔太は我に返る。

本部のテントで、小倉がその腕で大きな円を描いていた。もう大丈夫だと言っているのだろう。今も泣き顔のままだけれど、哀しい泣き顔ではなくて心底ほっとする。

ふわふわした足取りで壇上を降り、駆け足で本部のテントに戻った。

その途中で、輪の中で踊る圭とハタと目が合う。

その顔には、いつもの呆れたような表情が浮かんでいる。

――ハズカシイヤツ。

口パクでそう言い、圭はそれきりふいっと前を向いてダンスに戻った。

必死だったんだよと言い返したいが、その横顔が笑っているように見えたので、なんだかますます気分が上がる。

（……そういえば、目立つことはしないって、約束してたんだっけ？）

そんなことを思い出すけれど、もう遅いかとひとりで笑った。


制服のシャツも半袖に替わり、体育大会から一週間が経った日曜の朝。

翔太はすっかりときの人となっていた。生徒も教師も関係なく、通りすがりに声をかけられることがしょっちゅうだ。

それはこれまで翔太を避けていた生徒たちも同じで、特に小倉は、すっかり翔太に懐いていた。昼食のときも誰かれとなくひっきりなしに話しかけられ、大会後最初の月曜日は、ゆっくり食事をする余裕もなかったほどだ。

翔太自身は、自分が動物園のチンパンジーにでもなった気分だった。

ものめずらしく思われていることが伝わってきて、なんとなく恥ずかしい。それに、あの日を境に一変した周囲の反応にも、戸惑うばかりだ。

それでも、多くの人に好意的に接してもらえることは嬉しかった。ろくに話す人もいなかった以前の日々は、思い返すとやっぱり憂鬱《ゆううつ》だ。

翔太は寮の自室からぼんやりと外の景色を眺め、欠伸《あくび》をかみころした。

今朝の梅雨入り宣言など嘘《うそ》のように、穏やかな初夏の光が差しこんでいる。机に広げた参考書にべったりと頬をつけて、翔太は大きく溜息をついた。

（これってなんだっけ、……燃え尽き症候群ってやつ？）

体育大会での盛り上がりの反動か、すっかり翔太の集中の糸が切れている。

先週行われた定期テストでは、順位が真ん中よりも下に位置していて、さすがに焦った。これでも難関の編入試験を突破しただけあり、入学してからしばらくは上位に食い込んでいたのだ。

困ったなぁと、翔太は目線だけで室内にいる圭を見やる。

圭は外出用の私服に着替えて、今にも部屋を出ようとしているところだった。休日なので、予定でもあるのだろうか。

それにしても、圭が学校の外に出るなんてめずらしい。

「どっか行くの？」

翔太は顔も上げず、圭に尋ねる。

ドアノブに手をかけたところで、圭がこちらを振り返った。

「プレゼント、そろそろ買いに行かないともうすぐだし」

そう言って、学校から一番近い街にある、大型ショッピングモールの名前を続けた。

「なにそれ、プレゼントって」

「悦子《えつこ》さん、来週が誕生日だろ」

「……うっそ」

当然のように告げる圭に、翔太は反射的に顔を上げる。

プレゼントどころか、来週が悦子の誕生日だということすら今の今まで忘れていた。翔太や圭の誕生日は毎年祝ってもらっていたが、こちらから祖父母の誕生日を祝うような習慣は、一ノ瀬家にはなかったのだ。

そういえば中学生のころ、たまに圭から祖父母宛ての小包が届いていたことを思い出す。もしかして、毎年、記念日のたびに贈り物をしていたのだろうか。

(でも、祖母《ばあ》ちゃんにプレゼントって、マジで?)

改めて贈り物だなんて気恥ずかしいし、そんなことを考えたこともなかった。女子はどうだかわからないが、翔太の周りの男子でそんなことをする友人はひとりもいない。

しかし圭がプレゼントをすると知って、さすがに知らんぷりもできなかった。ほとんど思いつきのようなかたちで、翔太は言う。

「それじゃおれも行こうかな」

「付いてくるなよ」

「……なんで？」

「お前がいるとうるさそうだし、いつの間にか迷子になってそうだから」

「ならないよ！　子供じゃないんだから」

誰が迷子になんかなるかと、カチンとしてしまう。

半分意地になって、翔太は意地の悪い笑みを浮かべた。

「それに、そんなこと言っていいわけ？　祖母ちゃんの好みなら、こないだまで一緒に暮らしてたおれのほうが、ずっと詳しいと思うけど」

ぴくりと、圭が反応する。

「適当に店に行ったって、なにを買っていいのかわかんなくて時間を食うだけだろ？　それなら協力して一緒に探したほうが、ずっと早いと思うんだけどなぁ」

翔太の提案は思いのほか魅力的だったらしく、圭の心が揺れていることが見てとれた。それでも迷うところがあるのか、一緒に行こうとすぐには答えない。

はっきりしない圭の態度に、さすがに翔太もぶすくれてしまう。

「ていうかさ、買い物くらいべつにいいじゃん。なんだよ、ケチ」

仏頂面の翔太に、なぜか圭のほうがいぶかしげな表情になった。翔太の態度が理解できないような、そんな顔だ。

「そっちこそ、嫌じゃないのか？」

「嫌って、なんで？」

「俺と買い物になんか行っても、楽しくないだろ」

「え？　なんで？　そんなわけないじゃん」

圭の問いかけに、翔太はきょとんとしてしまう。

素の圭は素っ気なくて冷たいけれど、それでももう苦手に感じることはない。

外面をつくり上げて他人を騙すのはどうかと思うが、今となっては、圭自身の性格は案外嫌いではなかった。嘘がないぶん、かえって付き合いやすい。むしろ、自分にはごまかさずに本心を見せているのだと思うと、嬉しいくらいだ。

へんなの、と首を傾げる翔太に、圭が小さく息を落とした。

「ほんと、お前って……」

しかし途中で言い淀《よど》み、最後までは口にしなかった。

それからほんのすこしだけ目を細めて、翔太に告げる。

「迷子になったら、容赦なく呼び出しかけてもらうから」

「……ってことは、一緒に行ってもいいってこと？」

圭の返事の意図を理解し、一気に翔太の胸が弾む。

「やった！　待ってて、すぐ準備するから！」

「一分な」

「えー、せめて五分だろ！」

「あと五十九秒」

そんなやりとりをしながら、翔太は飛び跳ねるようにして机を離れる。クローゼットに向かってろくに選びもせずに洋服をひっぱり出した。

初めは単なる意地で付いていこうと考えていたはずが、本当に圭と外出をすることになって、舞い上がっている自分に気づいた。圭とふたりで出かけるなんて久しぶりだ。楽しみでしかたがない。

口ではつれないくせに、圭はちゃんと、翔太の準備が終わるのを待ってくれていた。

（なんのかんの言いながら待ってるあたり、やっぱりいいヤツなんだよな）

翔太は内心でそんなことを思う。

実は圭は、素直になれないだけで、度を越した照れ屋なのではないかと、そんな仮説を立ててみる。

（あるある。ありそう）

翔太は薄手のシャツに袖を通しながら、にやにやと圭に視線を向けた。

「おれ、圭のこと、ちょっとわかっちゃったかも」

「は？」

「お前みたいなの、ツンデレって言うんだぜ」

勝ち誇った気分で言うと、凍りつくほど冷たい視線が返ってきた。

「やっぱり、ひとりで行くから」

「あ！　嘘！　冗談だってば！」

そのまま部屋を出ようとする圭の腕に、翔太は着替えも半端に縋《すが》りつく。

そういうところがツンデレなんだという言葉は、必死にのみ込んで我慢した。


休日のショッピングモールは、多くの人で混み合っていた。

学校から一番近い街は、それなりの規模の地方都市だ。

翔太と圭は、学校前から出ているバスに三十分ほど揺られて街に出た。駅前にあるバスターミナルは閑散としていたのに、モール内の人の混みようはどうだろう。街に住むすべての人が集まっているみたいだ。

ふたりで人の波を器用に避けて歩きながら、ずらりと並ぶ店舗を眺めた。圭の手には、プレゼントの入った小ぶりな紙バッグが揺れている。

建物に流れる妙に陽気なＢＧＭの中、圭がぼそりと呟いた。

「けっきょく、お前と来た意味はなかったな」

溜息まじりのひと言に、翔太はギクリとしてしまう。

「そ、そんなことないだろ。ちゃんと色々勧めてやったじゃん！」

「食器だの、ハンカチだの、俺ひとりでも考えつくものばっかりな」

「いや、ほら、……でも、さっき見たハンカチの花柄とかさ！　祖母ちゃん花が好きだし、ぜったい喜ぶと思うんだけどなぁ」

自分でも苦しいなと思いつつ、視線を泳がせてそう答える。

悦子の欲しいものくらいすぐにわかると思っていた翔太だが、実際に品を選ぶとなるとなかなか難しかった。悦子とは年代も性別もちがうため、雑貨や衣類などを見て回ってもピンとこない。

しかし、あれだけ大口を叩いておいて「やっぱわかんねー」とはさすがに言えず、無難にハンカチなどを勧めてみた。当然、圭は納得がいかないようだ。けっきょく、圭は自分でシンプルな革のキーケースを選んでいた。

真剣に探しただけあって、長く使えそうな良品だ。

「で、そっちは？」

「え？　おれ？」

圭に訊かれ、翔太は一瞬ぽかんとする。

「プレゼント、まだ選んでないだろ？　お前も買いたくて一緒に来たんじゃないのか？」

「……うーん、そうなんだけど」

翔太も圭と一緒にあれこれと見回っていたが、選択肢が増えるほど、なにをあげていいのかさっぱりわからなくなっていた。

それに改めて誕生日プレゼントなんて照れくさいと、今さらそんなことも思ってしまう。

「悩んだってしょうがないし、手袋とかでいっかな」

「手袋？　この季節に？」

「ああ、庭用のやつな。祖母ちゃん、去年くらいから庭いじりにはまってるから、何枚あってもいいかと思って」

圭のプレゼントに比べると数段見劣りしてしまうけれど、悦子ならばどちらも変わらず喜んでくれるだろう。

「さすがに手抜きすぎかな？」

急に不安になって尋ねると、ふいに、圭のまなざしが冷たくなった気がした。

「……いいんじゃない？」

「え？」

「どうせ俺のプレゼントじゃないし」

「他人事かよ」

適当な圭の受け答えにがっかりするが、すぐにその目元がやわらかくなったのでほっとする。

気負いのないその表情に、なぜだかドキリとした。

「でも、さすがに普通の軍手じゃな。ちゃんと探せば、女性向きのものもあるんじゃない？　園芸コーナーとか」

そう言って、圭が視線で辺りを見渡す。

園芸コーナーの場所がどちらか、見当をつけているのだろう。

「なに、一緒に探してくれんの？」

「一応は、俺の用事にも付き合ってもらったから」

役に立たなかったけどと意地悪く言い足され、翔太は笑ってごまかす。

それから一階の園芸コーナーに向かい、手袋を探して店内を歩いた。

あいにくなことに、店舗はそれほどスペースが広くなく、ぱっと見た印象では品揃《しなぞろ》えも充分ではないようだった。商品は鉢植えや苗がほとんどで、園芸用品は申し訳程度に置いてあるだけだ。

しかも用を為すことだけが目的の、プレゼントにするには色気のないものばかりだった。

手袋もいくつか陳列してはあるが、ごく普通の軍手や、一色に染められた実用的なものしか見当たらない。

翔太は軍手を手に取り、しげしげと眺めた。

「さすがに、軍手はないよな……」

「手袋は諦めて、他のにしたら？　向こうに、鉢が並んでるけど」

「うーん、鉢かぁ。重そうだし、なんかピンとこないっつーか……、あっ！　こっちの虫避けスプレーは？　てか、種類すげー。なにがいいかぜんぜんわかんねー」

「それこそ、プレゼントって感じじゃないだろ」

「あはは、たしかに」

棚の商品をあれこれ見比べながら、わいわいと盛り上がる。

肝心のプレゼントはなかなか見つからないけれど、こうして圭と並んで話せていることが無性に楽しかった。

（なんか、こういうの、久しぶりだよな）

すぐ隣にある圭の横顔に、なんだか落ち着かない気分でそう思う。

気のせいかもしれないが、今の圭は、学校にいるときよりもずっと取っつきやすくていい雰囲気だった。最近はまた話すようになっていたが、今日は特に距離が近く感じる。

いつもの素っ気なさなんて嘘みたいで、足元がふわふわと浮いているようにさえ感じた。以前のように優しくも笑顔でもないけれど、ごく親しい友人みたいだ。

外面の圭ではない、本当の圭のままで接してくれている。

それだけのことが、心から嬉しかった。

なんでもないやりとりを重ねるほど、翔太の心にじんわりとしたなにかが降り積もっていくみたいだ。一度はなくなったはずの懐かしい感覚が、ふっと、翔太の中に蘇《よみがえ》りそうになる。

それはたぶん、ずっと一緒にいたいとそう願っていた、圭への気持ちだ。

妙な照れくささを覚える翔太の隣で、圭は真剣にプレゼントを探してくれていた。

レジの横にある棚に目を向け、指をさす。

「あ……、あれは？」

「あれって……、ハンドクリーム？」

圭の示す先には、チューブタイプのハンドクリームが数種類並んでいた。

棚に近づき、実際に手に取ってみる。

上品で、女性が好みそうなパッケージだった。それに、それなりにいい値段がする。フルーツのイラストと英字のロゴが入ったラベルで、なかなか洒落《しゃれ》ていた。『店員オススメ』と赤マジックで書きなぐられた愛想のないポップとの対比が、なんだかおかしい。

「でも、誕生日にハンドクリームってしょぼくない？」

「虫避けスプレーよりいいだろ」

たしかにと、思わず笑ってしまう。

圭もいくつか手に取って、しげしげと眺めていた。

「ガーデニングって手が荒れるみたいだから、喜ぶんじゃないか？」

「そっか。……うん、見た目も女のヒトっぽいし、いいかもな」

いくつか香りがあるらしく、試供品が並んでいる。

とりあえず香りを確かめようと、一番近くにあったシトラスのものを手に取った。

蓋《ふた》を開けると甘酸っぱい香りが広がり、勝手に唾液《だえき》が滲《にじ》む。爽《さわ》やかで美味《おい》しそうな匂いだ。

つけ心地を試そうとチューブを押し出すと、思いのほか、大量のクリームが出てきた。てのひらの上に、白い塊がこんもりと築かれる。

「げー、どうしよ」

山盛りになったハンドクリームを、翔太は両手いっぱいに広げて馴染《なじ》ませた。伸ばしても伸ばしても、まだ白い膜のようになって、余ってしまう。

清涼な香りも、これでは鼻をついてたまらない。

「なあ、圭、ティッシュ持ってない?」

翔太が圭に助けを求めると、呆れたような声が返ってきた。

「なにやってるんだよ」

「だってさぁ」

「手、貸して」

「……え?」

圭はそう言うと、翔太の両手をそのてのひらで包みこんだ。

なに、と思う間もなく、翔太の手の上を、圭の細い指が滑っていく。

その手の温かさや、肌を包むぬるりとした感覚に、翔太の鼓動が激しく跳ね上がった。手と

手が触れている。たったそれだけのことに、心臓が壊れてしまいそうに高鳴った。

手首から指先までを揉《も》むようにして移動して、ようやく圭がその手を離す。

余ったクリームを移し取り、圭は自分の手に馴染ませていた。そんななんでもない行動に、全身の血が沸騰したようになって、声も出ない。

圭の手に、おそろいの香りが移っている。

触れられた感触が、消えてくれない。

（な、なんだ、これ……？）

手に触れられただけで、ここまで過剰に反応する自分が不可解だった。圭はただ、翔太の手に余ったクリームをもらってくれただけだ。

それに今の圭は、翔太が大好きだった、可愛くて優しい圭ではない。

意地悪で皮肉屋な圭を相手に、どうしてこんなに胸が反応してしまうのだろうか。

ふと、エプロン姿の店員がこちらを見て笑っていることに気づき、翔太はますます恥ずかしくなってしまった。

若い男がふたりで園芸店にいるだけでもめずらしいのだろう。悪気はないようだが、こちらに向けられる微笑《ほほえ》ましげな視線に、この場から走って逃げ出したい気分になる。

翔太は耳まで熱くして、圭の腕を引いてその場を離れた。

「買わないのか？」

「……他も見て決めるから！」

赤い顔を隠すようにしてうつむき、足早に店を出た。


もう一度ショッピングモールをひとまわりしたあと、翔太が悦子へのプレゼントに選んだのは、先ほどの園芸店で試したハンドクリームだった。

店名が入った包装紙に真っ赤なセロハンリボンという微妙なラッピングだが、とりあえず目的を遂げたことにほっとする。

圭と小腹を満たし、ショッピングモールを出たころには夕日が街を照らしていた。

しかし、橙《だいだい》の空を隠すようにして昏《くら》い雨雲が迫っている。心なしか、空気も湿気を帯びていた。

「寮まで持てばいいけど」

空を見上げ、圭が言う。

出がけには晴れていたので、ふたりとも傘など持ってきていない。

バスターミナルを目指し、互いに歩速を上げて紫陽花《あじさい》の咲く舗道を進んだ。翔太はなんとなくくすぐったい気分で、圭と肩を並べて歩きつづける。

「さっきから、なににやついてんの。店にいたときから、妙に上機嫌だけど」

ふとそう訊かれて、翔太ははじめて自分が笑っていることに気がついた。

まばたきをして、それからちらりと圭を見上げる。

「機嫌はいいよ。だって、すげー嬉しかったから」

「……嬉しい？」

ぽかんとして、圭が訊き返す。

「圭と一緒に買い物なんて、めっちゃ久しぶりじゃん。それに、今日はいっぱい話してくれただろ？　マジで祖母ちゃんサマサマっていうか」

圭に言われて、翔太も自分が締まりのない表情をしていることを自覚する。けれど、引き締めようとしても無理だった。今日は朝からいい気分で、夢でも見ているような心地なのだ。

満面に笑みを浮かべる翔太に、圭が怪訝そうに口を開いた。

「お前って、本当に変わってる」

「そう？　普通だろ」

「変わってるよ。普通だったら、俺と出かけて嬉しいなんて言わないだろ。……これまで散々、俺はお前に嫌な態度を取ってたつもりなんだけど」

「ああ、そういやそうだっけ」

「そうだよ」

「んー、でもさ、なんか今はもう、そういうのもどうでもいいっていうか」

「騙されてたって、あんなに怒ってたのに？」

「そりゃ、圭はおれに嘘ついてたし、ムカつくなって思うことはたまにあるけど。でも、依藤たちに絡まれてたときに、庇ってくれたのも本当だろ？」

「だから、あれは、ただ――」

「いいんだよ、理由なんてなんでも。助けてもらって、おれが嬉しかったことは変わんないんだから」

　我ながら単純だと思うけれど、過去を引きずってあれこれと思い悩むことは苦手だ。それよりも今、圭と気負いなく話せていることのほうが大切に思えた。

　こうして向かい合えることが嬉しくて、自然に口が動く。

「だからさ、圭も適当に笑ったりしないで、みんなの前でもそのままでいたらいいのに」

　そう言って、翔太はにっと相好を崩した。

「今の圭、おれ、めちゃくちゃ好きだよ」

　圭が思わずというふうに立ち止まり、こちらを見返す。

　それは今までに見たこともないような真剣な表情で、翔太もドキリとした。視線で射貫《いぬ》かれたようになり、全身がこわばる。

　どうしてこんなに怖い顔をするのかと考え、――ようやく自分の失言に気づいた。

（どうしよう、……失敗した）

好きだなんて、圭に向かって口にしていい言葉ではなかったのだ。

単純で思ったことをすぐに声に出してしまう自分に、激しく後悔する。

それに翔太自身、自分の口から出た好きの意味が、よく理解できていなかった。ラブではない。ライクだ。従兄弟として、友だちとして、今の圭が好きなのだ。以前とはちがう。そんなふうに、必死になって自分自身に言い聞かせる。

……だって圭は、自分を好きになったりしない。

翔太の好意は迷惑だったと、以前、はっきりそう言われて、振られているのだ。一緒に買い物ができる友人としては受け入れてくれても、恋愛の対象にはなりえないと、そういうことだ。

それに圭には、葵という恋人がいる。

(好きなんて言ったら、圭はまた、おれから離れていくのに……)

翔太が目も逸らせずに立ち竦んでいると、ふいに、路肩に一台の車が停まった。

後部座席の窓が開き、中から見知った顔が覗《のぞ》く。

「――葵さん」

圭が、その名前を呼んだ。

葵は車に乗ったまま、小さく首を傾げて微笑む。

「やっぱり、圭だ。それに、タマちゃんも」

にっこりと目を細め、葵がふたりを交互に見つめた。

それからこちらの手元の荷物をみとめて、翔太と圭に言う。

「買い物だったの？　言ってくれたら、一緒に乗せて行ったのに。僕もちょうど、街のほうに用事があったんだよ」

「そんな。どうせ、大した用でもなかったし、大丈夫ですよ。それに葵さん、最近忙しいんでしょう」

「気を遣わなくてもいいのに」

そう言って、葵が小さく唇を尖《とが》らせる。

どこか拗《す》ねたような葵に、圭は優しい笑顔を向けていた。ふたりの間に流れる親しげな空気に、どうしてなのか胸がざわつく。

（……圭にとっては、大したことじゃなかったんだ）

ぎゅっと、喉の奥が引きつったようになる。

大した用事ではないと圭は言ったが、翔太にとっては特別に楽しい時間だった。ふたりで街に出たことは、たんなる成り行きだ。そうわかってはいたけれど、それでも圭との気持ちの大きさの違いに、たまらず悄然《しょうぜん》としてしまう。

もしも今日、葵に時間があれば、圭は自分ではなくて葵と出かけていたのだろうか。そんなことを思い、足元がひゅっと冷たくなった。

ふと、葵が車の窓からスッと手を出す。

ほっそりとした腕が、圭に向かって伸ばされた。

「圭、ちょっといい？」

「はい」

促されるまま車を覗く圭の頭に、すっと、葵の手が添えられる。

そのまま、ふたりの顔が重なる——

（え、なんで……）

翔太はまばたきすら忘れて、圭の後ろ姿を見つめていた。

なにが起こっているのか理解できず、体が凍りついたように感じる。あまりの出来事に言葉も出ない。狂ったように鳴りつづける鼓動だけが、翔太の脳内に響いていた。

どうして、圭と葵はキスなんてしているのだろう。

ぐらりと大きく視界が歪《ゆが》む。

「……はい、取れたよ」

ようやく、ふたりの顔が離れる。

細い指先を示す葵に、ありがとうございますと、圭が優しく答えた。

そんなやりとりに、翔太はようやく、それがキスではなかったのだとわかる。

翔太の位置からはそうとしか見えなかったが、葵はただ、圭の頭についた綿埃を取っただけのようだ。たしかに、こんな場所で唐突にキスをするなんて、考えられない。

冷静に考えればすぐにそう判断できるのに、さっきはまともに頭が働かなかった。

(だって、あんなに、顔が近くて)

鼻先がくっつくほどの距離に見えた。それでも平然としているふたりに、心臓が締めつけられる。

あの距離は、ふたりにとっては特別なものではないのだと、そう、見せつけられた気がした。恋人という関係を初めて生々しく感じて、胸が焼けつくように苦しくなる。

「ふたりとも、寮に戻るなら一緒に乗りなよ。天気も崩れそうだし、これからバスだと大変でしょう?」

弾むような葵の声が、今は重く翔太の耳に届く。

ありがたいはずの誘いも、素直に受け取ることができなかった。葵は優しい人なのに、こんなふうに感じてしまう自分が嫌だ。

翔太はあえて明るく葵に答えた。

「あ、でも、……おれは、ちょっと、買い忘れてたものがあったから。圭だけ連れて帰ってやってください」

そう笑う翔太に、圭が振り返る。

「それなら俺も……」

「——いいから」

軽く断るつもりが、ひどく険のある声になってしまい、ギクリとした。ごめん、と謝るのもおかしな気がして、翔太は言葉に詰まる。

動揺を悟られないようにと、今度は丁寧に言葉を繋《つな》げた。

「ホントに大丈夫だから。おれも、すぐに戻るし」

それだけを言い残して、逃げ去るようにその場を後にする。

踵《きびす》を返し、さっき出たはずのショッピングモールに引き返した。駅とは逆の方向だ。目的もなく足を動かしながら、翔太は服の裾《すそ》でごしごしとてのひらを拭《ぬぐ》った。

手につけたハンドクリームはもうとっくになくなっているけれど、それでも圭に触れられた感触だけは、ありありと残っていた。

とても耐えらない。

この手に触れた温かさを葵が知っているのだと思うと、心が真っ黒く塗りつぶされたようになる。

(気持ち悪い!)

重苦しい靄が胸の中でとぐろを巻いて、息が詰まりそうだった。自分で自分の気持ちが理解できず、考えだってまとまらない。

圭も葵も、どちらも好きなのに、ふたりに対して醜い気持ちを抱いてしまう自分が嫌いになりそうだ。心の中にこれほど昏い感情が眠っていたなんて、知らなかった。とても直視できなくて、きつく目をつむる。

それでも、圭が葵と付き合っているなんて、気持ちが悪かった。

ふたりが本当にキスをしているなんて、吐き気がする。

「――待てってば」

突然、聞き慣れた声で名前を呼ばれてビクリとした。

後ろから強く腕を摑まれ、体が前につんのめる。強引に足を止められて振り返ると、そこには圭が立っていた。

「なんだよ、……先輩と一緒に帰ったんじゃないのかよ」

「葵さんには、先に帰ってもらった」

「なんで」

戸惑いながら、翔太が訊く。

悦子へのプレゼントはもう買った。これ以上翔太といる必要などないはずなのに、どうして葵を置いて、わざわざ追いかけてきたのだろうか。

摑まれたままの腕が痛くて、翔太は圭の手を払った。

日の沈みゆく舗道を、ちらほらと人が通りすぎていく。向かい合っている圭も、ひどく困惑しているように見えた。

妙な気まずさを感じながら、翔太が圭を見返す。

そして意を決したように、圭が口を開いた。

「さっきの話」

「え?」

「……途中だっただろ」

硬い口調でそう言われ、体中が凍りつく。

翔太が圭に好きだと言った、あの話を蒸し返すつもりなのだとわかり、ぞっとした。

(まさか、また、迷惑だって言うために……?)

そんなことのために、わざわざ追いかけてきたなんて。喉の奥がきつく引きつる。

圭はまた、改めて自分を振るつもりにちがいなかった。翔太に好かれても迷惑なだけだと、きっぱりと拒絶する気なのだ。

だけどあんな言葉、二度と聞きたくなかった。

自分を好きになれないなんて、他に好きな人がいるなんて、ぜったいに聞きたくない。

ふたたび何か言いかける圭を遮るようにして、翔太は口を開いた。

「なんだよ、圭! ……あんな冗談を真に受けて、わざわざ引き返してきたわけ? せっかく車で帰れたのに、バカだな」

「……冗談?」

「当たり前だろ。今の圭なんか、好きなわけないじゃん! おれが好きだったのは、昔の優しい圭だし」

翔太は笑って続ける。

「今のお前も、友だちとしては嫌いじゃないし、他の人の前でもそのままのほうがいいんじゃないってのは本気だけどさ。でも、お前の本性知っちゃったら、好きになるとかはさすがにナイだろ」

だから自分が圭に恋をしているなんて誤解なのだと、翔太は心の中で強く訴えた。

自分でも、なぜこんなに必死になっているのかわからなかった。

捲《まく》したてるように言いながら、圭ではなくて、自分自身にそう言い聞かせているような気分になる。

ラブではなくライク。友だちとしての好き。恋なんかじゃない。……そうでなければいけない。だからこれ以上、自分の好きを否定しないでほしいと、切実に願う。

しかし翔太が喋《しゃべ》るほど、圭の表情は、こわばっていった。

その苛立ちが伝わってきて、身が竦むようだ。

もっと上手に伝えなければと焦り、言葉は空回っていく。

「さっきから、俺のことならなんでもわかるみたいな口振りだな」

圭が不快そうに、はっきりと言った。

「……え?」

「子供のときに一緒に住んでたから？　従兄弟だから？　寮が同室だから？　……なにが理由なのかはわからないけど、他人に知ったような口をきかれると腹が立つんだよ。そういうのが一番嫌いだって、前にも言ったつもりだけど」

「……そんなこと、思ってない」

「じゃあ、どういうつもりだよ？」

訊き返され、翔太はぐっと唇を噛んだ。

翔太はただ、圭と一緒にいたいだけだ。圭の隣は自分の居場所なのだと、今でもそう信じていたことに、ようやく気づく。

しかしなにをどう言葉にしても、うまく伝えられる気がしなかった。ふだんはうるさいくらいの翔太なのに、今は声にするほどボロが出そうで口が動かなかった。

どうして、こうもうまくいかないのだろう。

さっきまでは、圭と向かい合っているだけで幸せだと、そう感じていたはずなのに。

たまらず翔太が目を逸らすと、圭が深い溜息をついた。その雰囲気が冷たく張りつめていて、また、翔太の全身がこわばる。

圭がぽつりと、ひとり言のように呟く。

「……やっぱり、お前といると苛々する」

「え……？」

圭はそれだけを言うと、翔太に背を向けてしまった。

元来た駅のほうへと引き返す圭を、翔太は呆然と見つめる。一度も振り返らず、ぐんぐん離れていく背中に、涙も出ない。

ふいに、空から滴が落ちてきた。

温い滴が、翔太の鼻先を打つ。雨だ。小さな雨粒が、街路樹やアスファルトをさめざめと濡らしていく。

雨に打たれながら、翔太はもう一度、てのひらを服の裾に擦りつけた。

シトラスの香りなんて、もうとっくに消えていた。

5

門限ぎりぎりに寮に戻り、翔太は濡れた靴をスリッパに履き替える。

あれから雨脚は勢いをつけて強くなり、今も降りつづけていた。途中のコンビニでビニール傘を買ったけれど、肩も足も濡れてしまった。肌を刺すような冷たさに、ますます気分がめいってしまう。

——やっぱり、お前といると苛々する。

圭の言葉が頭の中をぐるぐる回り、翔太の体中に纏《まと》わりついた。がんじがらめにされていくみたいで、体が、心が、加速度をつけて重くなっていく。

どうして圭は、別れ際にあんなことを言ったのだろう。

翔太はあれからずっと、そのことばかりを考えていた。

はっきり迷惑だと言われているのに、それでもまだ親しくしようとする翔太のことが我慢ならなかったのだろうか。

翔太は最近、圭にすこしずつ近づいているのだと思っていた。自分にしか見せてくれない素っ気ない顔も、それが特別である証のように思えて嬉しかった。そんな翔太の気持ちが透けて見えて、苛立っていたのだろうか。

どうして圭は、ここまで自分のことを嫌うのだろう。

しかしそれ以上にわからないのは、自分の気持ちだった。

圭と葵が恋人同士だというわかりきっていた事実に、これほど動揺している自分が理解できない。

（あのとき、本当にキスしたかと思った）

ふたりの顔が重なったように見えて、圭が葵のものなのだと、初めて実感した。

ふたりが付き合っているとはわかっていたけれど、今までは翔太の中で現実ではなかったのだ。どんなに素っ気なくされても、圭の一番近くにいるのは自分だと、心の底ではそんなふうに信じていた。

お前の思い込みに付き合うのはうんざりだと、そう圭に言われてもしかたない。

（……でも、こんなの、変だ）

階段を上りながら、翔太は内心でひとりごちる。

翔太はもう、圭のことなんか好きではない。従兄弟で、友だちになりたいのだ。そう思っているのにどうして、圭の言葉ひとつにここまで振り回されてしまうのだろうか。

ただの友人ならば、圭が誰と恋をしようが関係ないはずなのに。

「なんなんだよ、もう！」

ぐるぐると同じ思考を繰り返す自分が嫌で、翔太は思わず靴箱の前で叫んだ。

鬱々とした気分が、ほんのすこしだけ晴れた気がする。しかし、それと同時に寮に戻ってきた生徒の姿に、翔太の心がふたたび重くなった。依藤が立っていたのだ。

また絡まれるのはごめんだと、回れ右で依藤に背を向ける。

「おい」

けれどすぐに呼び止められ、思わず立ち止まってしまった。

無視すればよかったと思うが、妙なところで律儀な自分が嫌になる。

「お前、今日、一ノ瀬と街に行ったんだって？」

「……なんで、依藤がそんなこと知ってるわけ」

依藤の口から出た言葉に驚いてしまうが、翔太たちと同じく外出していたようなので、街で姿を見られたのかもしれない。

そんなことはどうでもいいと、依藤が殺気立った目を向けてきた。

「お前、マジでいい加減にしろよ。迷惑してるって、何度言えばわかるんだよ？　先輩も一ノ瀬も、どれだけ困ってるのかわからないのか」

依藤の顔には、いつものにやけた笑みがなかった。

本当に苛立っているようで、雰囲気がやけにピリピリしている。目が据わっていて、どことなく危なげだ。

「……なに言ってんだ、お前」

言いがかりをつけてくる時点でおかしなヤツだとは思っていたけれど、無関係のくせにここまで怒れる依藤に、逆に感心してしまう。気持ちの表現方法を間違えているけれど、よほど圭のことが好きなのだろう。

「あのさ、ずっと思ってたんだけど、圭たちのことは、お前には関係なくないか」

「っ、うるさい！　とにかく、もう一ノ瀬に関わるなって言ってるんだよ！」

「関わるなって言われても、従兄弟だし」

「ふざけてんのか！　……いいか、お前のせいなんだからな、……かわいそうだろ、わからないのか？」

「……かわいそう？」

すごい剣幕で詰めよられ、翔太はついぽかんとしてしまった。

依藤が怒りに燃えるほど、翔太の熱は醒めていく。

(……こんなことしても、どうせ報われないのに)

圭には葵がいるのに、バカみたいだ。

その言葉は、なぜか翔太自身に突き刺さる。

「お前がなに言ってんのかはわかんないけど、今日は付き合う余裕なんてないんだってば。悪いけど、絡むならまた今度にして」

いつもならばすぐにでも応戦するところだが、今はとてもそんな気分になれない。やり返す気力などどこにも残っていなかった。

翔太が溜息まじりに背を向けようとすると、いきなり依藤が胸ぐらを摑んできた。

靴箱に激しく背中を押しつけられ、痛みに顔が歪む。

「…いっつ」

ギリギリと衿ごと首を絞められ、翔太の喉から妙な音が出る。持ちあげるようにして締めあげられ、翔太は必死に足を伸ばす。

翔太は突然のことに混乱しつつ、どうにか依藤の腕を摑んだ。

「…め、ろ…！」

「謝れよ、……あの人に、謝れ！」

(意味わかんねー、なんなんだよ、ほんと！)

ギラギラと血走った依藤の目が翔太を射貫く。

誰に対して謝れと言っているのかも、首に掛かる痛みで考えられない。

「は…、なせっ、てば！」

翔太は必死になってもがき、依藤の体を突き放した。

その拍子に体が傾ぎ、背後の靴箱に背中から激しくぶつかってしまう。ガタンと大きな音がしたかと思うと、バランスを失った靴箱が大きく前後に揺れた。

翔太はその場に膝をつき、ゲホゲホと咳《せ》き込《こ》む。ようやく入り込んできた酸素に目眩《めまい》が起こる。

ふいに、背後から大きな影が被《かぶ》さってきた。

靴箱が倒れてくる様が、妙にゆっくりと翔太の目に映る。

逃げる間などなく、翔太は下敷きになってしまった。


「二、三日で治ると思うけど、ちゃんと安静にね」

寮一階の医務室で、校医が翔太の手首に湿布を貼る。

靴まみれになってしまったが、大きな怪我《けが》でなくてほっとしていた。

倒れた靴箱と散らばった無数の靴に、一見大事のようにも見えたが、翔太自身は右の手首を軽く捻挫《ねんざ》しただけで済んでいた。

依藤は靴箱の下で呻《うめ》く翔太に青ざめてすぐにその場から走って逃げてしまったので、怪我などないはずだ。

今は自室にでもいるのだろうか。怖くなって逃げ出すくらいならば初めから大人しくしておけばいいものだが、今はそんな依藤のこともどうでもよかった。

ただでさえ落ち込んでいた気分が、さらに暗く沈む。

ツイていないときというのは、とことん運に見放されるようだ。

膝に乗せたプレゼントの包みに視線を落とし、小さく息を吐いた。

（おれ、なにやってんだろ……）

悦子に買ったプレゼントが、ぺしゃんこに潰《つぶ》れている。中身は確かめていないけれど、これではとても誕生日の贈り物にはできない。

圭にも、一部のクラスメイトにも疎まれて、自分はここで一体なにをしているのだろうか。見事なほどにすべてが空回っていた。意地を張ってこの学校に踏みとどまることで、その先になにがあるのかと空しさを覚える。

翔太は校医に頭を下げて、医務室を出ようと出入り口に向かった。

扉を開けた瞬間、すぐ向こうに圭が立っていてギクリとする。

「――怪我は？」

走って来たのか、その肩が弾んでいた。

圭が怪我のことを知っていることに驚きつつ、翔太は苦笑を浮かべて湿布の巻かれた手首を見せた。圭は一瞬ぽかんとするが、大きく安堵の息を吐く。

「驚かせるなよ」

「……ごめん」

それきり口を閉じて、ふたりは医務室を後にした。

まだ食堂が開いている時間のためか、廊下にはそれなりに生徒たちの姿があった。賑やかな生徒たちの中を、ふたりは無言で歩きつづける。

翔太は、ちらりと、隣を歩く圭に目を向けた。その横顔が呆れているようにも、無表情にも見えて、なにを思っているのかはわからない。

翔太は緊張しながら尋ねた。

「……なんで、おれが怪我したって知ってんの？」

「舎監が連絡してきたから。お前が、倒れた靴箱の下敷きになったって」

一旦言葉を句切り、圭が訊く。

「今回の怪我も、依藤絡みなのか？」

圭の問いに、翔太はうまく答えられずに目を逸らした。

もう喧嘩はしないという、圭との約束を破ってしまったことが心苦しい。今回ばかりは不可抗力だが、そんなことは関係なかった。

黙りこんでしまった翔太に、圭が表情を険しくした。

「なにやってるんだよ」

「……圭？」

「俺、言ったよな？　次になにがあっても、もう関わらないって。それなのに、なんで怪我なんかしてるんだよ！」

めずらしく、圭が声を荒らげてそう翔太に告げる。

不機嫌なときはあっても、こんなふうに怒りをあらわにする圭なんて初めてだ。圭の苛立ちが伝わり、その気迫に圧されてしまう。

翔太は戸惑いつつ、小声で反論した。

「そんなふうに言うなら、放っておいてもよかったのに」

「それができたらとっくにそうしてる」

「え?」

「お前がそうだから、俺は……」

言いかけて止め、圭は視線を前に戻して黙りこんだ。

(……ああ、そっか。どうしたって、従兄弟なんだから知らんぷりできないよな)

翔太はそう思い、納得する。

同室で従兄弟の翔太が靴箱の下敷きになったとあれば、いくら面倒に思っていても放っておくわけにはいかないだろう。そんな当たり前のことに気づき、心が萎《しぼ》んでいった。

「ごめんな、また、迷惑かけて」

それから冗談めいた笑顔を浮かべ、圭に告げる。

「……やっぱりおれ、やめたほうがいいのかもな、この学校」

そうすれば、これ以上圭に迷惑をかけずに済む。

暗くなりすぎないように軽く言うが、圭はなにも答えてくれなかった。硬い表情のまま、まっすぐ前を睨んで歩くだけだ。

長い足でぐんぐん廊下を進む圭に、翔太はついていくだけで精一杯だった。

周りの生徒たちのざわめきがやけに大きく耳に響く。

「……なあ、聞いてる？」

重ねて訊くが、やはり返事は返ってこない。

寮の端に突き当たり、廊下から階段へと続く角を曲がる。階段には人気《ひとけ》がなく、ざわめきがわずかに遠くなった。

（無視かよ）

階段を上ろうとする圭の腕を、翔太はムッとして摑む。

「なんなんだよ、さっきから、なんでそんなに怒ってんだよ」

圭の顔を覗き込み、きつくその目を見据えた。

心配をかけた自分が悪いことくらいわかっているけれど、こうも無視を決め込まれては、満足に謝ることもできない。

勢いのまま、翔太は圭を問いつめた。

「迷惑かけて悪かったって、ちゃんと謝っただろ！　……てか、そんなに苛々するほど、おれのことが心配だったわけ？　わざわざ医務室に駆けつけてくるくらいだもんな、こないだみたいにツンデレしてもごまかせないからな」

ぜったいに逃がすもんかと、翔太は圭の腕をさらに強く握りしめる。

そんな翔太に、圭の眉がかすかに動いた。

「したよ」

「は？」

よく通る声で、圭がはっきりと告げる。

「したよ、心配。したに決まってるだろ。お前が靴箱の下敷きになったなんて聞いたら、して当然だろ。悪い？」

「……悪く、ないけど」

予想外の反応が返ってきて、翔太は威勢をそがれた。

てっきり、そんなわけないと呆れ顔で否定されると思っていたのに。一緒にいると苛々するとまで言われていたから、いきなり心配したと言われても、どう受け取っていいのか迷ってしまう。

呆然とする翔太から、圭が苛立たしげに視線を逸らした。

くしゃりと前髪をかきあげ、険しい顔でうつむく。その表情には焦りが滲んでいて、初めて見る圭の表情に驚いた。

「……ちがう、そうじゃなくて」

圭は逡巡《しゅんじゅん》するように呟き、目を伏せる。

しかしすぐに顔を上げ、翔太をまっすぐに見据えた。

「ごめん」

「……なんで、圭が謝るんだよ？」

いきなり謝罪され、翔太はますます戸惑ってしまう。

急に素直に謝られても、どうしていいのかわからない。

「俺が悪かったから」

「だから、なんで！　てか、なにに謝ってんのか、わかんないし」

「依藤のことだよ」

「……依藤？」

依藤のことにはたしかに圭も関係しているけれど、それで圭が謝るのはちがう気がする。悪いのは、逆恨みをして翔太に突っかかってきた依藤本人だ。

そんな翔太の考えが聞こえたかのように、圭が言う。

「あいつのことは、俺のせいでもあるんだ。だから」

「でも、なんで急に、そんなに素直になるんだよ。今までおれのこと、苛々するって、散々ウザがってたくせに」

「それは今でもウザいけど」

「はぁ!?」

「ほら、そうやって」

　ふっと、圭が苦笑を浮かべる。

「翔太は、いちいちうるさいから」

　圭の言葉に、翔太の胸がぎゅっと震える。

「名前」

「え？」

「今、翔太って」

「それが、なに」

「……久しぶりに、呼ばれたから」

　その瞬間、じわりと、翔太の目元が熱くなった。

　図書館の裏で振られて以来、圭が翔太の名前を呼ぶことはなくなっていた。それは、圭が自分を拒絶している証なのだと感じていた。祖父母のことをあの人たちと呼ぶのと同じで、自分にも壁をつくっているのだと、そう思っていた。

　それなのにここにきて、名前を呼ばれるなんて。

　今まで抑え込んでいた感情が一気にふくらみ、翔太の心をいっぱいにして、溢れた。際限なんてない。甘くて苦い感情が、両手で掬《すく》いきれない水みたいに、指の間からたやすく零れていく。

　胸の奥が熱くて、焦げてしまいそうだった。

それでも湧きおこる気持ちが止まらない。

「あ、ごめん、だめだ」

「だめって、なにが?」

「おれ、やっぱり、圭のことが好きなんだ」

圭の瞳が、動揺に揺れる。

摑んだままの圭の腕を、翔太はしっかりと握りしめた。

「……ごめん、好きなんだ。友だちになれたって思いたかったんだけど、やっぱ、無理みたい。好きじゃなくなんて、なれないや。ほんとごめん」

改めて自覚した想いは大きすぎて、とても自分ひとりでは抱えきれなかった。

恋人の葵のことも、また圭に嫌われてしまうかもしれないという恐れも、今は考えることができない。好きだという気持ちをこらえられないのだ。

それに心の底では、本当はずっとわかっていた。

翔太は子供のころから、ずっと圭のことが好きだった。たとえ嘘をつかれていたとしても、圭は圭だ。冷たくあしらわれて、その瞬間、腹を立てたところで、ほんのすこし笑ってくれるだけで、すべてが帳消しになってしまう。

それに圭は、素っ気なくしながらも、依藤たちから助けてくれた。怪我をしたことも、医務室に駆けつけるほど心配してくれた。

圭は今も、優しい圭のままだと、翔太はわかっているのだ。

手を握られただけで、壊れそうなくらい胸が反応する。誰かと付き合っていることを思うと、苦しくて息もできない。

こんなにこの心を占める人は、圭しかいない。

「翔太、俺は……」

圭がふと、口を開く。

まっすぐにこちらを見つめる瞳は、もう揺れていない。

これから圭がなにを言うのか、翔太はわかっていた。知りたくなかった。今、圭の口からつらい言葉を投げつけられたらこの場に立っていられる自信がない。

それでも、どうにか踏みとどまる。振られるために改めて告白をするなんてバカみたいだけど、気持ちを抑えきれなかったのだからしかたがない。

喉の奥から込み上げてくるものを感じるが、翔太はぐっとこらえた。まばたきもせず、歯を食いしばる。

ぜったいに泣かない。

今泣くのは、たぶん、卑怯だから。

——寮内に呼び出しの放送が流れたのは、圭が薄い唇を開くのとほとんど同時だった。

至急、中央棟一階の事務管理室に来るようにと、翔太と圭の名前があとに続いた。

6

窓の向こうは真っ暗で、ガラスを打つ雨の滴しか見えない。

夜行バスが走る山道には道路灯のひとつもなく、暗闇がぽっかりと口を開けているようだった。バスの前照灯が、道を照らす唯一の灯りだ。

乗客もほとんどおらず、それでよけいに物寂しさを覚えるのかもしれない。バスの匂い、低い走行音、座席の振動、そのすべてが翔太《しょうた》を不安にさせた。

翔太が黙って窓の外を見つめていると、横から袋入りのスティック菓子を差し出された。隣に座る、圭《けい》がくれたのだ。

翔太は力なくかぶりを振る。

「……いい。お腹空いてないし」

「夕食、食べ損ねただろ。急いでたから、こんなものしかないけど」

食べたほうがいいと半ば強引に押しつけられ、翔太はしかたなく受け取った。

そのまま膝《ひざ》の上に菓子を置き、ぼんやりと外を眺める。食欲なんて湧《わ》くはずがないと、心の中で呟《つぶや》いた。

寮内放送で呼び出され、圭と翔太が揃《そろ》って事務管理室に向かうと、そこには心配そうな顔をした舎監が待っていた。今から四時間ほど前のことだ。

繋《つな》がっているからと渡された電話の相手は、悦子《えつこ》だった。

――巌《いわお》が倒れたと、受話器越しに弱り切った声が聞こえてきた。

巌は元々心臓に持病を持っていて、もう何年も通院と投薬を続けている。それが原因で倒れたそうだが、これまで一度も、そんなことはなかった。

病院から電話をかけているという悦子もひどくうろたえていて、その心労が受話器越しでも伝わってきた。翔太はショックでろくに受け答えができず、圭が対応してくれたが、今も現実のことだとは思えずにいる。

巌は翔太にとって父親も同然だ。厳しいばかりで子供のころは怯《おび》えてばかりいたけれど、実直な後ろ姿は同時に憧れでもあった。

そんな祖父が今、病院で手術を受けているのだ。

手術室にいる祖父を想うと、いても立ってもいられなかった。悦子のことも同じだ。いつも巌の陰で笑っているような優しい祖母が、ひとりで手術に立ち会っているのかと考えると気が気ではない。

そんな事情から、翔太の圭への告白も、棚上げされていた。

翔太も圭も、今は祖父母のことで頭がいっぱいだ。

深夜出発の夜行バスで圭と地元を目指しているが、地元のバスターミナルへの到着予定時刻は明日の早朝だった。せめて最終でも電車があればもっと早く着けたのに。そう歯がゆく思ったところでどうしようもない。

(祖父《じい》ちゃん、大丈夫だよな……)

じりじりとした想いで、翔太はジーンズの膝を握りしめる。

そんな翔太の隣で、圭は淡々と菓子を食べていた。こんなときでもあいかわらず平然としている圭を、さすがに冷たく感じてしまう。

たまらず、翔太は非難の目を向ける。

「翔太も食べたほうがいいよ」

「……食う気しないんだって」

「食べたくなくても食べないと。手術であの人たちが疲れてるのに、俺たちまでへろへろじゃ話にならないだろ」

「でも…っ」

落ち着いている圭に、翔太の目元が熱くなる。

ごしごしと袖《そで》で乱暴に拭《ぬぐ》って、勢いよく窓の外に顔を向けた。窓ガラスには圭の横顔が映っている。翔太はつい、恨みがましい視線を向けた。

そんな翔太に気づいてか、圭が言う。

「我慢しないで、今のうちに泣いとけば」

「……泣かないよ」

「病院に着くまでに全部出しといたほうがいい」

「病院でなんか、泣くわけないだろ。……また、誰かさんに見苦しいなんて言われたくないし」

すっかり拗《す》ねた翔太に、圭が気まずそうに眉をよせる。

「そういう意味じゃない」

「じゃあ、なんだよ？」

「病院でお前が泣いて、悦子さんがもっと不安になったらダメだろ」

「……え？」

窓の外から、翔太は圭へと顔を向ける。

いつもと変わらない無表情だけれど、どことなく疲れが滲《にじ》んでいるように見えた。そんなことにも今まで気づかなかった自分が情けなくなる。

圭はいつも、巌や悦子をあの人たちなどと呼ぶけれど、本当はとても大事に想っているのではないだろうか。

距離を置いたような話し方をしながらも、圭の言葉には、いつだって悦子への気遣いがあった。

ふいにバスが大きく揺れて、ふたりの肩がぶつかる。

圭の肩はシャツ越しでも温かくて、急に胸が苦しくなった。

その体温に、こらえていた涙が、頬《ほお》を伝い落ちる。

「祖父ちゃんが、いなくなったらどうしよう……」

ほとんど無意識に、そんな言葉が口から零《こぼ》れていた。

物心がついたころから、翔太を育ててくれていたのは、祖父母だ。ずっと暮らしていた我が家。その家に巌がいることは、翔太にとってあまりに当たり前のことだった。当たり前の現実が揺らぐのは、恐怖だ。

いなくなってはいけない人。巌は、翔太にとって間違いなくそんな人だった。圭も悦子もそうだ。大切な人の存在がおぼろげになってしまうことが、怖い。

倒れただけだ。ちゃんと手術を受けているのだから、きっと助かる。……だけど確率は百パーセントではない。

本当に？

本当に、祖父は助かるのだろうか。

悦子や圭、翔太はどうなってしまうのだろうか。

家族のかたちが変わってしまうようで、不安に押しつぶされそうになる。

「いなくならないよ」

そう、圭が呟く。そしてギュッと、翔太の手を取って握りしめた。

（……震えてる？）

「……いなくなるわけない」

重ねられた手の小さな揺れに、翔太の胸がきつく縮んだ。

（圭も、不安なんだ……）

このときようやく、翔太はそんなふうに思った。

重ねた手の温度を感じながら、翔太は子供のころの圭を思い浮かべる。

圭は泣かない子供だった。六年前の、叔母の葬儀でさえ泣かなかった。今よりもずっと子供だったのに、母親や出生のことをからかわれても、いつでもしゃんと背筋を伸ばしていた。翔太のほうが、圭に代わって悔し泣きしていたくらいだ。

だけどそんな圭だからこそ、翔太は圭を守りたいと、ずっとそう願っていた。

今の圭と、あのときの圭の横顔が重なって見えて、ふとそんなことを思い出す。

翔太は圭にもらった菓子の包みを剝《は》ぎ、むりやり口の中に押し込んだ。水気がすくなく甘ったるい菓子は、食欲がないこともあって、ちっとも美味《おい》しくない。

「……まっずい」

必死に咀嚼《そしゃく》して飲みこんだあと、舌と喉《のど》にまとわりつく粉っぽさに思わず呟く。

そんな翔太に、圭の目元が少しだけやわらかくなった。

「もう一本あるけど」

「半分こな」

バッグを開ける圭に、手を差し出す。

ふたりで分けた二本目は、不思議とさっきよりも悪くなかった。

病院に到着したのは、雨脚が弱まり、ようやく空が白みはじめたころだった。裏にある夜間入口から入り、受付に聞いてふたりで巌の病室に向かう。すでに手術は終わっているようで、教えられた個室では、巌が静かに眠っていた。

体を繋ぐ細い管が痛々しいが、顔色はそれほど悪くなくてほっとした。

「成功ですって。……手術が終わってから、ずっと眠ってるの」

ベッドのかたわらに腰かけていた悦子が、赤い目で翔太たちを迎える。

いつも身ぎれいにしている祖母が、髪の毛も化粧も崩れて疲れて見えた。

「遠いのに、わざわざ呼んだりしていけなかったわね。夜通しバスで疲れたでしょう？　すこしでも眠れたの？」

「大丈夫だよ」

疲労の滲む顔でこちらを気遣う悦子に、圭が微笑《ほほえ》んで答える。

その答えに安堵《あんど》したのか、悦子の体から力が抜けるのがわかった。

「昨日、買い物から戻ったら、お祖父ちゃんが居間で倒れていて。……倒れてからあまり時間が経っていなかったみたいで、すぐに救急車を呼んだのがよかったのよ。こんなことは初めてだから、すっかり驚いてしまったけど」

「祖父ちゃん、すぐに退院できんの？」

「どうなのかしらね。まだそこまでは訊《き》けていなくて。……だけど、もう安心だって先生も仰《おっしゃ》っていたから、大きな心配はないみたい」

翔太と圭は顔を見合わせ、どちらともなく笑う。

「そっか……」

「よかったあぁ！」

へなへなとその場にしゃがみ込む翔太の隣で、圭も嬉《うれ》しそうだ。

「あ……、そうだ。お祖母《ばあ》ちゃん、これ」

圭がふと、悦子に小さな紙袋を差し出した。

街まで一緒に買いにいった、悦子へのプレゼントだ。

「あら……、なにかしら」

「誕生日プレゼント、俺と翔太から。……ごめん、まだ日があるし、病院で渡すのもどうかと思ったんだけど、次にいつ帰れるかもわからないから」

圭がさりげなく、翔太の名前もくわえてくれる。疲れきっている悦子の顔が、ほんの少しだけ明るくなった。

「まあ、ありがとう、開けてもいい？」

悦子は包みを剝ぎ、中からキーケースを取り出した。

宝物にでも触れるように表面の革を撫《な》で、それから圭に問いかける。

「素敵、鍵をつけるのね？　大切に使わせてもらうわ」

もう一度ありがとうと微笑み、両手でしっかりと包みこむ。

そして改めて、翔太と圭を見つめた。

「ふたりとも、学校はどう？　楽しい？」

悦子の問いに、翔太はぎくりとする。

しゃがんだままで思わず圭を見上げると、圭もこちらを見下ろしていた。ふたたび目が合い、互いに苦笑してしまう。

「……まあまあ、かなぁ？」

「まあまあだね」

半端な答えのせいか、悦子の眉尻が弱々しく下がる。

「翔ちゃんは鉄砲玉みたいにすぐ飛びだしてしまうから、心配なのよ。……あら、嫌だわ！

その腕、また怪我《けが》してるじゃない」

翔太の手首の湿布に気づき、悦子が青ざめた。

「大丈夫、ちょっと転んだだけだって！」

サッと背中に両手を隠し、翔太は言い繕う。まさか同級生と揉《も》めて靴箱の下敷きになったなんて、心配性の祖母に言えるはずもない。

「痛くはないの？」

「こんなの、ぜんぜん！　ちょっと捻《ひね》っただけだし」

本当に、ほとんど痛みはないのだ。翔太は笑って、捻挫《ねんざ》した手をプラプラと激しく揺らしてみせる。

しかし、大きく動かしたせいで痛みが走り、翔太の目に涙が浮かんだ。

「ってぇぇ！」

「なにやってるの、もう」

手首を押さえてうずくまる翔太に、悦子は小さく息を落とした。

「いくらふたりが希望した学校とはいっても、やっぱり遠いわね。こうして、翔ちゃんが怪我をしたこともわからないなんて。お祖父ちゃんは、圭ちゃんが一緒だから大丈夫だって言うんだけど、あっちでも無茶ばかりしてるんじゃないかって、心配で」

「翔太の無茶は、あっちでも変わってないよ」

「まあ、やっぱり！」

よけいなことを言うなと圭を睨《にら》むが、どこ吹く風だ。

悦子がふいに、遠慮がちに圭を見上げた。

「……だけど私はね、案外、圭ちゃんのほうが気になってるのよ」

「俺？」

意外だったのか、圭がその目をかすかに大きくする。

ええ、と悦子がうなずいた。

「圭ちゃんはすぐ、周りに気を遣ってしまうじゃない。せめて私が近くにいてあげられたらって思うんだけど、今はそうもいかないし」

そう言って、うっすらと目を細めた。

「そういうところ、文子《あやこ》に似てるわ。やっぱり親子よね」

「……母さんに？」

昔を思い出しているのか、悦子が遠くを見つめる。

「ちっとも私たちの話をきかないし、無茶ばかりするし、姉の和子《かずこ》とちがって随分世話を焼かされたけれど。……実はとっても、他人に気を遣う子だったのよ。優しくて、そのぶん意地っ張りだったのね。最後の最後まで、弱音を吐かなかった」

しわくちゃのか細い手で、きつくキーケースを握りしめた。

「お祖父ちゃんとも、よく話してたの。……バカな子よ。無理なんかしないで、圭ちゃんがお腹に宿ってすぐに、戻ってくればよかったのにって」

最後のほうは、悔しさを噛《か》みころすような声だった。

翔太はあまり、文子のことを知らない。一ノ瀬《いちのせ》の家に戻ってきたあとは、すぐに入院してしまったからだ。たまに圭と一緒に見舞いに行ったけれど、いつも不機嫌そうにしていた横顔しか覚えていなかった。

悦子に対しても、巌に対しても、叔母の態度は頑《かたく》なで、三人がまともに会話をしていた姿を見た覚えがない。特に巌とは、最後の最後まで言い合ってばかりいた。

もう一度キーケースを撫で、悦子がにっこりと笑い直す。

「だからね、圭ちゃん。毎年送ってくれるプレゼントも嬉しいけれど、本当は、おねだりのひとつでもしてくれるほうが、ずっと嬉しいのよ」

そんな悦子の告白に、圭はどう答えていいのかわからないようだった。戸惑う圭の耳が、赤く染まっている。

穏やかな笑みを浮かべて、悦子は圭を見つめていた。

「ただいまぁ」

紫陽花《あじさい》の鉢が並ぶアプローチを抜けて、翔太は玄関の扉を開けた。

すっかり日が高くなっている。あれからしばらく病室に残っていたけれど、手術後の疲れもあってか、巌は眠りつづけて目を覚ます様子がなかった。容態は安定しているということなので、悦子を残してふたりで戻ってきたのだ。

今日は月曜日で授業は行われているが、さすがに休みなさいと悦子に言われた。

家は二階建ての古い和風家屋で、あちこち傷だらけだ。住んでいたときは気にならなかったのに、すこし離れただけで目がいくのだから妙な感じだった。人がいない我が家は、がらんとしてずいぶんと寂しく感じる。

家に入った途端に気が抜けて、一気に眠気が襲ってきた。昨夜は巌のことで気が張りつめていて、バスの中でうたた寝もしていないのだ。

翔太は三和土《たたき》に靴を脱ぎ捨て、そのまま板張りの廊下に倒れ込んだ。

お腹も空いているけれど、今は眠気だ。

「眠い……、つか、目が開かねー」

「翔太、そんなところで寝るなよ。体が痛くなる」

「……おー」

寝転ぶ翔太の体を軽く越えて、圭も廊下に上がった。

小さく呟いた「ただいま」が、翔太の耳に届く。

　そんなひと言がなぜだかたまらなく嬉しくて、翔太は勢いよく上体を起こした。居間に入っていく圭を追いかけて、廊下を這《は》いずるようにして進む。

　きれい好きの悦子にはめずらしく、飯台には食材などの入った買い物袋がそのまま置かれていた。家の中も少々荒れている。本当に急いで病院に向かったのだろう。

　圭も同じことを思ったのか、買い物袋の中身をそれぞれしまっていった。そういえば、圭は昔から率先して悦子や巌を手伝っていた。こういうところも圭らしいと懐かしくなる。

　あらかたしまい終えたのか、圭が翔太に尋ねてきた。

「布団敷くけど、客間でいい？　部屋のベッドが空だったから」

「どこでもいー。眠れたらなんでも」

　客間に向かう圭とはべつに、翔太は風呂を沸かしに浴室に向かう。

　用意を終えて居間に戻るが、そこに圭の姿はなかった。

（まだ客間かな……）

　そう思って客間に向かう。

　部屋の中には、並んで敷かれたふた組の布団に、倒れ込むようにして寝ている圭の姿があった。ほんのすこし横になるだけのつもりだったのか、腕組みをしたまま眠っている。

　疲れたサラリーマンみたいだと、声には出さず笑った。

　翔太は膝を抱えるようにして、寝ている圭のかたわらに腰を下ろす。

その寝顔をじっと覗《のぞ》き込んだ。眠っていても、やっぱり圭の顔は整っている。瞑《つぶ》った目から伸びる睫《まつげ》や、規則正しく上下する肩に、胸がぎゅっと甘く軋《きし》んだ。

——すっかりうやむやになってしまったけれど、翔太は圭のことが好きだと、昨晩はっきり伝えたのだ。

これまで何度も言っているから、圭には今さらかもしれないけれど。

いい返事が返ってこないということは、さすがに翔太もわかっていた。

それでも、自分で圭への気持ちを認めることができて、心の中は晴々としていた。この気持ちを、恋以外のなにかに無理に当てはめようとしていたときよりも、ずっといい。

(やっぱり好きだなぁ)

その顔も体も、素っ気ない性格も、すべてが愛《いと》しい。

今ここに圭がいるというだけで、胸の中が温かくなった。

無意識にその頬に指を伸ばすと、ふいに、圭の目がぱちりと開いた。勝手に寝顔を覗いて怒られるだろうかと、翔太の心臓がぎくりと弾む。

しかし、なにも言わずにこちらを見返す圭に、頭の芯がしびれたようになった。

目が合った瞬間、翔太の理性が嵐のような激情に攫《さら》われてしまう。

——それは、触れたいという劣情だ。

翔太は勢いのまま、圭の体を覆うようにして両手を布団についた。捻った手首がわずかに痛むが、そんなことどうだっていい。

　圭を見下ろし、きっぱりと告げた。

「おれ、言ったよな。昨日、圭のことが、好きだって」

「翔太？」

「圭が誰を好きでも関係ない。……油断してると、襲うから」

　翔太の宣言に、圭が一瞬目を丸くする。

　かっこつけてそんなことを言いながらも、このまま蹴り上げられやしないかと、翔太は内心でひそかに怯える。しかし返ってきた答えは、まったく予想外のものだった。

「いいよ」

「……は？」

「襲うんだろ？」

　圭の反応が信じられず、翔太はうろたえて訊き返す。

「な、……なんで平気なんだよ！　本当にいいわけ？　襲うんだぞ？　おれは、本気で言ってるんだけど」

「わかってるよ」

　思いがけない圭の許しに、翔太は驚きのあまりすっかり正気に返ってしまった。こちらの戸惑いを、圭のほうが楽しそうに見上げている。

「マジで？　いいの？　葵先輩《あおい》は？　……てか、ホントに？」

「……葵さん？」

圭はそう言い、それからなるほどというように苦笑した。

「あの人とは付き合ってないよ。ていうか、翔太も信じてたんだ？　あの噂《うわさ》」

「え、噂って……」

さすがに聞き間違いかと、翔太はぽかんとして圭を見下ろす。

しかしますます混乱する翔太をよそに、圭はそれきりなにも答えてくれなかった。圭はそのまま目を閉じて、もう一度眠ったような顔をする。

訊きたいことも言いたいことも山ほどあるのに、腕の中で大人しくする圭に翔太の心臓は破裂寸前だった。体中の血液が沸騰してしまいそうになる。この腕の中に、無防備な圭がいる。

これは本当に、現実なんだろうか。

翔太は固唾《かたず》をのみ、ゆっくりと顔を下ろした。

圭の端整な顔が徐々に近づき、緊張が大きくなる。

しかしあとわずかで唇が触れるという至近距離で、翔太の体はぴたりと固まってしまった。

翔太にとっては、一生に一度のチャンスかもしれない。それでも、圭の気持ちが自分にないままキスをしてもいいのかと、頭の中でもうひとりの自分が訴えるのだ。

圭の唇までは、あと十センチもなかった。進むことも引くこともできず、翔太の頭の中が真っ白になる。

そんな翔太に、圭がぱちりと目を開けた。

「いつまでそうしてんの？」

「い、いつまでって……、わっ」

圭がスッと、腕を伸ばす。

その手を翔太の後頭部に回し、自分のほうへと引きよせた。すぐ目の前にあった圭の顔が、またさらに近くなる。

顔と顔の距離が縮む。

あと少しで、鼻先が、唇が、重なる。

（う、嘘《うそ》だろ……！）

翔太が反射的に目を瞑ると、ふいに、圭が笑った気配がした。

そしてコツンと、唇ではなく、互いの額がぶつかる。

「……え？」

「耳まで真っ赤」

囁《ささや》くような圭の声に、おそるおそる目を開けた。

当然ふたりの視線が交わり、翔太の息が止まりそうになる。

圭の言うように、かなり赤い顔をしているのだろう。自分でもわかるほど、顔が熱く火照《ほて》っていた。心臓は壊れそうに脈打っている。

涼しげな圭の目が、いたずらっぽく笑った。

翔太はカッとして、跳ねるように上体を起こす。

「もしかして、からかってんのかよ……！」

「まさか。顔が真っ赤だったし、泣きそうだからやめただけだよ」

「泣くわけないだろっ」

冗談だよと、圭が言う。

翔太がジトッと睨みつけると、圭がめずらしく吹き出した。

「ムカつく。ていうか、ふつう、笑うか？」

「笑うだろ、ふつう」

こらえきれないというふうに、圭がついに声を上げて笑い出した。

ここまで素の状態の圭なんて初めてだ。怒っていたことも忘れて、翔太はぽかんとしてしまう。

「……圭って、そんな性格だったっけ？」

「え？」

「だって、めっちゃ笑ってるし。……それになんか、ツンデレでもないから」

「だから、元からそんなのじゃないって言っただろ。それに、自分では変わったつもりはないし。ただ……」

「ただ？」

「いろいろ、腹を括《くく》ったっていうか」

その顔がなんだか緊張しているように見えて、ドキリとする。

「べつに、適当に聞いてくれていいんだけどさ」

そう、圭が静かな口調で話しはじめた。

「俺はずっと、誰にも弱いところを見せたくないって、そう思ってて。特にこの家に来てからは、弱音なんて吐いてる場合じゃなかったから。……一緒に住む従兄弟《いとこ》は、脳天気で、喧嘩《けんか》っ早くて、そのうえうるさいし」

「悪かったな」

冗談めかして話す圭に、翔太もできるだけ明るく答える。

しかし、圭が内心を打ち明けるなんて、たぶん初めてのことだ。動揺するが、その真剣な声の響きに、身動きひとつできなかった。

「だから、引っ越してきたときから、緊張しっぱなしで。……なにより、みんなが母さんを嫌ってたから」

続く圭の言葉に、翔太の胸がギュッと引きつる。

「ちがう、……叔母さんのことをからかう人もいたけど、でも、あいつら、本気じゃなかったんだ。たぶん、ほんとにただの冗談のつもりで……」

「こっちにすれば、なんでも一緒だから」

きっぱりと圭が言う。

「だから、俺が下手なことをしなければ、みんなが母さんをバカにしないって、本当にそう思ってたんだよな。俺がしっかりしないとって。……周りの雑音が、本当にウザったくてさ。必要以上に、他人に踏み込んでほしくもなかった」

そう、圭が苦笑を浮かべる。

「そんなふうに思ってたら、いつの間にか、適当に笑うのが癖になってたみたいだ。そうやって適当にあしらってれば、誰にも気持ちを荒らされなくて済むから。……改めて考えたら、子供くさくて自分でも笑えるけど」

「そんなことない！」

思わず、翔太の声が揺れる。

「ぜんぜん笑うことじゃない！　だって、それで、ホントにしっかりできてるんだから、めちゃくちゃすごいことじゃん！」

「……すごくなんかない」

「すごいよ！」

翔太は重ねて圭に言う。

「圭の言うこと、わかるよ。お前は、これまで一回も泣かなかっただろ？　誰になにを言われてもにこにこしてた。……最初は、悪口を言われてもべつに平気なのかなって思ってたんだけど、でも一緒にいたら、そんなわけないってすぐにわかって」

とつとつとした口調で、続けた。

「だからおれは、そんな圭を守りたいって思ってたんだ」

圭は可愛《かわい》かった。優しかった。おとなしくて、周りに遠慮ばかりしていた。だから圭を、自分が守りたいといつも思っていた。

だけど、ただそれだけで、圭のことを好きになったわけじゃない。

誰になにを言われても、平気だと笑っていられる圭が、翔太には眩《まぶ》しく見えた。つらいときでも、凛《りん》と姿勢を正している圭だから好きになったのだ。

圭の持っているものを一緒に抱えて、それで笑ってくれたら嬉しいと思った。本当はそんなふうに、圭を守りたかったのだ。

本当に圭はすごいと、翔太が身を乗り出す。

「それに、叔母さんのこと、今は誰も悪く言ったりしないだろ？　それって本当に、圭がちゃんとしてるからかもしんないじゃん。少なくとも、おれはそう思うし」

翔太は必死に口を動かす。

夢中で喋《しゃべ》る翔太に、圭が笑った。すごくなんかないと、圭がもう一度繰り返す。

「すごいのは、翔太だから」

そう言って優しく目を細める圭に、胸がギュッと切なくなる。

子供のころ、同じことを言われたのだと思い出した。本当にすごいのは翔太だと、圭はいつもそう言っていた。

「俺は、壇上でアドリブダンスを披露したりできないし」

「……それは言うなって」

いたずらっぽく不意を突く圭に、翔太の顔が真っ赤になる。

するといきなり体を引きよせられ、ギュッと抱きしめられた。

突然のことに、翔太はその腕の中で固まってしまう。

「け、圭……？」

「本当に、翔太はすごいよ。ずっと変わらなくて、単純で。そういうところが」

「な、なにそれ、バカにしてんの？」

「……俺にはできない」

そう言って、回された腕の力がひときわ強くなった。

洋服越しに感じる圭の体温に、緊張がさらに大きくなる。抱きしめるその力強さに、喉の奥が甘く引きつった。

混乱する翔太の耳元で、圭が言う。

「あの人たちも、母さんのことを嫌ってると思ってた」

「なんで……？」

圭がどんな顔でそれを言っているのか、この体勢ではわからない。

だけど背中に回された圭の手が、ほんの少しだけ震えていることに気づいた。翔太はたまらず、圭の体を抱き返す。

「そんなわけないだろ」

しっかりそう告げると、圭が小さくうなずいた。

「なあ、翔太」

抱き合ったまま、圭が囁く。

「俺、翔太のこと、好きだよ」

「……え？」

あまりに唐突な告白で、翔太は思わず耳を疑ってしまった。

「ずっと、好きだったんだ」

嬉しいよりも、信じられない気持ちのほうが大きかった。

圭が自分を好きだなんて、そんなことはありえない。迷惑だと言われ、これまで散々冷たくあしらわれてきたのに。からかわれているのだろうかと、翔太は圭の胸を押し返す。

体を離し、翔太は圭の顔を見つめた。

「……冗談？」

「本気だよ」

「おれのこと、ずっと、無視してたよな」

「……ごめん」

「ウザいって、面倒だって言ってなかったっけ」

「それは、半分本当だから」

そこはブレない圭にカチンとして、無言で恨みがましい目を向ける。

しかしその目元がかすかに赤いことに気がついて、ドキリとした。照れているようにも見える圭の表情に、たまらず胸が弾む。

本当に冗談ではないのかもしれないと、ようやくそう思う。

「……マジで？」

「こんな嘘つかないよ」

圭がはっきりと答える。

その声には迷いがなくて、たまらず顔が熱くなった。赤くなった顔を隠すように両手で覆い、翔太は勢いよく布団に倒れ込む。

「なんだよ！　やっぱ好きだったんじゃん、おれのこと！」

そう叫び、布団の上で転げ回る。

「もー、なんで嘘つくわけ？　好きなら好きって、素直におれの胸に飛び込んでくればいいじゃん！　ほんっと、腹立つ！」

「ごめん」

「信じらんねー……」

顔を隠したまま呟いていると、ふと、圭が笑う気配がした。

「お前のそういううるさいところが、ずっと、もう本当に嫌いだったんだよな」

「……は？　好きじゃなくて？」

さすがに聞きまちがいかと、翔太が顔から手をどける。

圭は翔太の顔を見下ろし、もう一度笑った。

「好きなのと同じくらい、嫌いだったんだよ。思ったことをぜんぶ顔に出して、誰に対しても真正面からぶつかるなんて、俺はぜったいできないから」

ひと呼吸置いて、圭が続ける。

「子供のころは、お前のそのストレートなところに救われたし、突き落とされた。自分に足りないものを、翔太がぜんぶ持ってるのが悔しくて、……それなのに、どうしようもないくらい惹《ひ》かれて。自分でも、どうしていいのかわからなかったんだ。お前のことが好きだなんて、意地でも認めたくなかった。……お前が好きだっていう俺が、つくりものなんだってわかってたから、よけいに」

「ちがう」

翔太は反射的に体を起こす。

「……前はそうだったかもしんないけど、今は」

「わかってるよ」

圭はそう言い、翔太を見つめた。

今はちゃんとわかっていると、圭が嚙みしめるように口にする。

「それに、あがいても無駄なんだよな。他の人にはなにを言われても平気なのに、翔太にだけはどうしても振りまわされるし。……けっきょく、学校でも放っとけなかった。なにがあっても、ぜったいに突っぱねようって決めてたのに」

圭はすこしだけ笑い、それから表情を引き締めて翔太を見つめた。

「翔太」

「ん？」

「さっきの続き、してもいい？」

翔太の鼓動が激しく高鳴る。

続きとは、考えるまでもなくキスのことだろう。からかわれていたと思っていたのに、圭も本気だったのだと知り、たまらずときめいた。

「さっき、お前のこと抱きしめて、驚いた。なんか、翔太とくっついてると、すごいんだ。なんなんだろうな、離れたくなくて」

　圭の声が甘くて、胸が熱くなる。

「もっと前にこうしとけばよかったって、すごく後悔した」

　視線が交わり、その目の奥にある欲情にドキリとした。

　そのまま、互いの顔が近づく。今度こそキスをするんだなと、妙に落ち着いた自分が頭の中で囁く。けれど目を閉じるなんて考える余裕はなかった。

　ふっと、唇に熱が重なり、すぐに離れる。

　一度唇を重ねると、離していることが不自然に感じるほどだった。ぶつけるようなキスを何度も繰り返す。必死になってくっつけ合ううちに、圭の舌が口の中に入り込んできた。思わず、肩がびくりと揺れる。

　圭の舌が、翔太のそれに触れた。互いに一瞬戸惑って舌を引くけれど、すぐにどちらからともなく絡めていった。

「…っん」

　濡《ぬ》れたなにかが舌を這う感触に、鼻を抜けるような妙な声が出てしまう。歯列の裏や上あごまで舐《な》められると、心臓がさらに激しく脈打った。

（うわああ、もう、恥ずか死ぬ……！）

　初めてのキスは嵐のようで、その動きについていくだけで必死だ。

圭だって初めてにちがいないのに、翔太よりも動きがずっと大胆だった。夢中になって口を吸われ、嬉しいのと恥ずかしいのとでどうにかなってしまいそうだ。

ふだんは性的な匂いを感じない圭が、こんなに強引だなんて思いもしなかった。

ようやく唇が離れ、翔太は胸を弾ませながら、圭を見上げる。

「……こういうの、ぜんぜん興味ないって顔してるくせに」

「そうかな。人並みに興味はあると思うけど」

「やー、ぜってー圭はムッツリだ」

上擦った声でそう言う翔太の鼻を、圭がいきなり軽くつまんだ。

「ぶっ」

「あのさ、恥ずかしいのを笑いでごまかそうとするの、やめてくれない？」

鋭い圭の突っ込みに、翔太はその目を泳がせる。

「ご、ごまかしてなんかないっ！」

「そういうことされると、こっちまでよけいに緊張する」

「……圭も、緊張してんの？」

「当たり前だろ」

圭はそう言うと、翔太の手を取って自分の胸に当てた。

服の上からでも大きな鼓動が伝わってきて、翔太もつられてドキドキする。それに、翔太の手を握るその手が、かすかに震えていることに気づいた。

ふっと、圭が気の抜けた笑顔を浮かべる。

「心臓、止まるかもね」

「……っ！」

あどけない圭の笑顔に、すとんと心臓を撃ち抜かれる。

ふたりで笑って、互いの服を脱がせあった。シャツをたくし上げられ、ジーンズも下着も脱ぎ捨てて裸になる。圭の裸を見るのは初めてではないけれど、それでも今の状態で部屋の中で向き合うなんて初めてで、そういうことをするのだと改めてそう思った。

自分よりも少し大きな体と布団に向かい合って座る。

次の瞬間には、圭のきれいな手が、翔太の下肢に伸ばされていた。圭の指先はひやりとしていて、翔太の足が震える。

キスしかしていないのに、翔太のそこはわずかに反応を見せていた。硬くなり、先端がわずかに潤んでいる。期待がそのまま体に表れていてたまらない気持ちになる。

圭がその手を動かしはじめる。

茎の部分を直接刺激され、翔太は目を細めた。

「っん」

速く、ゆっくりと、それに握り込む力にも強弱をつけられて、強い刺激と焦《じ》れったさが翔太を襲う。自分でするのとはちがって、強引にもたらされる刺激がたまらなかった。絶妙な動きが快感となって、翔太の情欲を少しずつ引きずり出していく。

「ん、……あっ」

自分のものではないような、甲高い声が漏れる。なにこれと、恥ずかしさのあまり翔太は両腕で顔を隠した。

けれど、その腕は圭に取り払われる。

「顔、……見たい」

そう言って摑《つか》まれた手を、そのまま圭の性器へと導かれた。

圭のそこも反応していて、ドキリとした。

「……翔太も、手が、大丈夫なら」

「あ……、うん、もうだいぶ」

圭に促されるまま、翔太もその性器を触る。きざしかけている熱に、翔太は思わず息をのんだ。

圭も興奮しているのだと思うと、胸に迫るものがある。

きゅっと擦り上げると、圭がかすかに切なげな息を吐いた。手の中で大きくなる熱が愛しい。

圭の反応をもっと見たくて、興奮しながら手を動かした。

「あ、…っん」

しかし圭に先端を引《ひ》っ掻《か》かれ、翔太はたまらず仰《の》け反《ぞ》る。

目に浮かんだ涙を圭の唇で拭われて、翔太は荒い息を吐いた。

「やっ、ちょ、待って……、圭！」

緩急をつけて擦り上げられ、気持ちよさに視界が歪《ゆが》んでいく。

翔太は自分がされていることを圭に返そうとするが、思うようには追い立てられなかった。弱いところを刺激されるたびに、手がかじかんだようになって動かなくなるのだ。

圭も熱に浮かされているようではあるが、翔太ほど快感に振り回されてはいないように見えた。その証拠に、圭はその手の動きを止めない。それどころか徐々に大胆に動かし、翔太を追い詰めていった。

翔太が上りつめるまでは、あともうすこしだ。

すると圭が突然、自分の性器と翔太のそれを重ねてきた。圭を握りしめる翔太の指ごと、激しく上下させていく。

「あ、いっ、……あぁっ！」

互いの欲望をひとまとめに擦り上げられ、圭の熱を直接感じる。

たえず上擦った声が漏れ、翔太はどうにか唇を嚙んでやり過ごした。こんなに近くで圭に聞かれているのだと思うと、気が遠くなってしまいそうだった。

絶頂はほぼ同時に訪れ、ふたりで欲望を吐き出した。

互いに呆《ほう》けたようになり、翔太は圭の肩に額を預け、荒く呼吸を繰り返す。

しかしすぐに体を布団に押し倒されて、思わず翔太の体が硬くなった。

「やっぱ、おれがこっち側?」

「……じゃんけんする?」

そう苦笑する圭に、翔太はすこし考えて、かぶりを振った。

「いいんだ? ぜったいごねると思ったのに」

「だって、おれ、めちゃくちゃ不器用だし。おれがやると、圭の尻が血だらけになりそうで、怖いっていうか」

だから今回は譲ると小声で告げると、圭が笑った。

「あ、でも、練習するから、そのうちやらしてな」

「練習って、なにするの?」

ちっとも本気にしていない様子で言って、圭は翔太の膝を抱えて足を開かせた。

わかってはいたけれど、さすがにこの格好は恥ずかしい。体のぜんぶを圭に見られているのだと思うと、羞恥でおかしくなりそうだった。

つっと、後孔の入口に圭の指が触れる。

「…っ」

それからゆっくりと挿入してきた異物感に、翔太は思わず目を瞑った。

そんな翔太の反応に、圭が一度指を抜く。

「……なんかつけないと、やっぱりきつい？」

「平、気…、たぶん」

翔太はそう答えるが、圭は一度離れ、バッグからなにかを取って戻ってきた。ふいに、ふわんと爽《さわ》やかな香りが鼻先をくすぐる。

覚えのあるその香りに、翔太はギョッとしてしまった。

「ちょ…、圭、それっ」

それは、翔太が祖母に買ったハンドクリームだ。

「つか、なんで持ってきてんの！」

「プレゼントできるならと思って、一応ね。ボロボロで出さなかったけど。でも、中身は無事だから、使えそうだよ」

「いや、いや、ないよ、それは！　祖母ちゃんにプレゼント用で買ったのなんて、すげー悪いことしてる気分っていうか……、しかもここ実家だし、背徳感？　ていうか」

「あげなかったんだから一緒だろ」

「だめだって、なんかめっちゃいい匂いするしぃ……、わっ！」

圭は制止を聞かず、ふたたび翔太の足を広げてその狭間に触れてきた。

今度はハンドクリームのおかげか、思っていたよりもあっさりと指が入ってくる。内壁に沿って圭が少しずつ指を動かし、ほぐすようにして抜き差しを重ねていく。

「……う、やだって、ば」

抵抗してみるが弱々しく、圭には届かないようだ。

初めは一本だった指が徐々に増やされ、最終的に三本になった。少しずつ慣らしてくれているからか、初めのうちは感じていた違和感が、徐々に薄れていく。

しかしふいに、圭が小さく吹き出した。

「な、なに……」

「めちゃくちゃグレープフルーツ」

「……もー、言うなよ、そういうのっ」

「ごめん。でも、美味しそうでいいと思うよ」

顔を真っ赤にする翔太に、圭が笑いながら謝る。

ぜったいに悪いと思っていないくせに。恥ずかしいし悔しいけれど、内側を刺激されるとどうしようもなかった。すこしずつ上がっていく息に、羞恥よりも欲望が勝っていく。

段々とその動きが激しさを増し、翔太はきつくシーツを握りしめた。痛みとも痺《しび》れともつかない疼《うず》きが体の中を駆け抜け、息が弾む。

圭の指がある箇所に触れた瞬間、翔太の背中が大きくしなった。

「あっ、……んっ、あうっ！」

全身が痙攣《けいれん》し、後孔が激しく収縮する。なんだこれと、翔太は必死に喘《あえ》ぎを繰り返した。強い刺激に逃げたくなるが、圭は息もつかせずそこばかりを攻めてきた。

「……や、あっ。だめ、そこ、なんか、だめっ、だ」

途切れがちな声でそう懇願するが、圭は手を止めようとはしなかった。むしろ執拗《しつよう》に、そこへの刺激を続けていく。

「でも、かなりよさそう」

濡れたような圭の声に、翔太は薄く目を開けた。

ついさっき果てたはずの性器が、すっかり熱を取り戻している。快感に素直すぎる体にくらくらするが、自分ではもうどうすることもできなかった。

「だ、だめ、だって…んっ」

喉を引きつらせてそう訴えると、ようやく、圭が指を引き抜く。

そしてひくつく後孔に、自分の欲望をあてがった。熱い切っ先を、翔太は直接、その肌に感じる。

「いい?」

「……おー、どんと来い」

「ふざけるの禁止って言ったのに」

翔太らしくていいけどと苦笑して、圭が息を吐く。

「力、抜いたほうがいいかも」

「…ん」

翔太がふっと息を吐いた瞬間、圭が一気に奥まで挿入してきた。

「あっ、……いっ、っう」

翔太の視界が真っ赤に染まる。

体を真ん中から引き裂かれるような痛みに、たまらず涙が零れた。圭と繋がっているところすべてが激しく脈打ち、じんじんと疼きはじめる。

圭の熱を、体の内側にありありと感じる。

「……きつい？」

圭の問いに、翔太はどうにかかぶりを振った。本当は、体にひびが入ってしまったように痛い。それでも、圭と繋がれたことが嬉しくてたまらない。

ふっと目が合い、どちらからともなく笑ってしまった。

自分も圭も、慣れない感覚に笑うことしかできない。痛いのか、気持ちいいのか、そのどちらなのかもよくわからなかった。

「だいじょ、ぶ…、だから……」

いいよ、と、翔太が囁く。

圭はそんな翔太にキスをして、その手を自分の背中に回させた。

それから、ゆっくりと動きはじめる。ハンドクリームのおかげもあってか、翔太が思っていたよりもずっと滑らかに中を動いていった。

圭が抽挿を繰り返すほど、痛みはやわらぎ、妙な疼きが芽生えていく。

そこからはもう、ふざけている余裕なんてなかった。まるで嵐だ。めまぐるしくて、わけがわからず、満足に息もできない。

一番感じるところを、圭の熱で抉《えぐ》るようにされた。

「あ、…や、あっ」

そうして刺激されると、体の奥からいくらでも快感が溢《あふ》れてくる。

指とは比べものにならないその存在感に、頭ではもう受け止めきれなかった。たえず与えられる激しい快感の波に、翔太はただ翻弄《ほんろう》されるだけだ。

「圭、け、い……っ」

夢中になって名前を呼ぶと、圭がいっそうその動きを激しくする。

その額に浮かぶ汗に、翔太の胸が激しく反応した。切なげなその表情を見ているだけで、圭を咥《くわ》えた場所がきゅうきゅうと疼いて止まらない。圭もちゃんと感じているのだと思うと、さらに快感の色が濃くなった。

圭は翔太の下腹部にも手を伸ばし、欲情を煽《あお》るように動かす。荒々しい愛撫《あいぶ》のもどかしさに、翔太の体が震えた。

同時に腰の動きを大きくされると、もうどうしようもなかった。

輪を描くようにして腰を打ちつけられ、内と外とを同時に攻められる。がくがくと揺さぶられ、次の瞬間、激しい波が翔太を襲った。

「……っん、あ、あっ」

「翔太…っ」

体の奥で、圭の熱が大きく震える。

もたらされる快感の強さに、翔太の肢体が激しく跳ねた。

「け…いっ、あ、も、もうっ」

目の前がチカチカと光って、なにも考えられない。吐精と一緒に与えられた唇に酔いしれる余裕もなかった。

それでも圭の肌の温もりに、心はこれ以上ないほど満たされていた。

7

翌朝、陽が昇るのとほぼ同時に実家を出て、学校前のバス停に到着したのは、ちょうど昼休み開始のチャイムが聞こえるころだった。

急いで着替えて校舎に向かえば、午後の授業には間に合いそうだ。

敷地の門をくぐり、翔太は寮へ向かおうとする。しかし圭は私服のまま、なぜか逆方向へと歩いて行った。そちらにあるのは校舎だ。

そのまま授業を受けるつもりなのかと、翔太は慌てて圭を止める。

「どこ行くんだよ、着替えは？」

「翔太は寮に戻ってて」

「え、でも……」

「いいから」

きっぱりと言う圭に、翔太は戸惑いを覚える。

校舎に突き進む圭の表情が、ひどく険しかった。そういえば、今朝は電車に揺られているときから、妙に緊張していたことを思い出す。

ピンと張りつめた、なにかを決意したような表情だった。

（ひとりで戻れるわけないだろ）

厳しい顔で迷いなく校舎を目指す圭は、あきらかにいつもと様子がちがっている。そんな圭を置いて、自分だけ寮に戻る気にはとてもなれない。

前を歩きながら、ふと、圭が口を開いた。

「――翔太、学校やめるなよ」

「え？」

「なにがあっても、やめるなよ。俺がずっと、一緒にいるから」

真摯《しんし》なその声には、圭の覚悟が滲んでいる。まっすぐなその言葉の意味するところはよくわからないが、それでも一気に顔が熱くなった。

恥ずかしさのあまり、翔太はついからかうようなことを言ってしまう。

「な、なんだよ、恥ずかしいな。プロポーズみたいじゃん」

「そうかもね」

翔太のからかいを受け入れ、圭がほんの一瞬、その表情をやわらげる。

けれどすぐに真顔に戻り、まっすぐ進んでいった。翔太は耳まで赤くして、小走りにそのあとを追いかける。

そのままふたりのクラスに行くのだろうと思っていたが、圭は一年の教室がある一階を素通りして階段に足を踏み出した。

そして二階に上ったところで、廊下を曲がる。

「……圭、こっち、二年の教室！」

「知ってる」

昼休みの廊下はそれなりに人が多い。二年の先輩たちと擦れちがうたび、翔太はつい視線を泳がせてしまった。

圭の様子がふつうでないことは、その歩き姿からもあきらかだ。私服なのでよけいに目立つ。いつもとはちがう圭の雰囲気に気づき、通りすがって振り返る生徒もいるほどだ。目立つことが嫌いだと言っていた圭らしくもない。

「待ってってば、圭、なあ……」

翔太はたまらず、前を歩く圭の肩に手を伸ばす。

それとちょうど同じタイミングで、奥の教室から葵が出てきた。

葵も廊下を歩く翔太たちに気づいたようだ。私服のままのふたりに驚いたのかわずかに目を丸くするが、すぐにやわらかく微笑む。

圭は葵の姿を捉えるなり、一直線に進んでいった。

（……まさか、葵先輩に会いに？）

付き合ってはいないと、たしかに圭はそう言っていたはずなのに。

ちくりと胸が切なくなるが、今の圭の表情は、どう見ても恋人に会いに行く顔ではなかった。

そもそも、ただ会いたいだけならばこんなに目立つ行動をする必要はない。

圭は葵の前に立ち、まっすぐに鋭い視線を向けた。

葵も圭の異変に気づいたのか、不思議そうに小首を傾げる。

「どうしたの圭、そんなに怖い顔で。それに、制服は？」

その質問には答えず、圭はひと言、葵に告げた。

「謝ってください」

こいつに、と、後ろにいる翔太を示す。

葵はきょとんと目を見ひらき、それから圭を見返した。

「どうして、僕がタマちゃんに謝るの？」

「依藤《いとう》たちを煽ってたの、葵さんなんでしょう？」

「え？」

圭の言葉の意味が理解できず、翔太は呆然《ぼうぜん》と葵を見つめた。

葵は変わらず、おっとりと微笑んでいる。

「なんのことだか、わからないんだけど」

「ごまかさないでください。……こいつ、依藤と揉めて怪我したんです。他にも、散々絡まれて、迷惑してる。悪かったとは思わないんですか」

「どうしたの、圭。君らしくないよ」

「俺らしいとか、そんなのどうでもいい」

廊下の真ん中で対峙《たいじ》する圭と葵に、周囲が息をのんでいるのがわかった。ピリピリと張りつめた空気に、誰もが凍りついてその成り行きを見守っている。これだけ注目を集めても、圭はまったく動じていなかった。

本気で怒っているのだろう。圭の様子がいつもとちがうことに気づいたのか、葵の顔からふっと笑みが消えた。殊勝な表情で、しゅんとうつむく。

「僕は、圭のためにと思って……」

そんな葵の発言に、翔太は愕然《がくぜん》とする。

間接的にだが、圭の言うことを認めたのと同じだ。

「こんなこと、誰も頼んでない。……ていうか、俺のためじゃなくて、本当は自分がおもしろがってるだけでしょう」

圭がさらに語気を強くする。

怒りをあらわにする圭に、葵がふっと顔を上げた。

その顔には、先ほどまでの殊勝な様子など微塵《みじん》もなかった。いたずらを咎《とが》められた小さな子供のような、あどけない笑みを浮かべている。

「ふふ、バレた？」

悪びれることなく葵が言う。

翔太は、自分の目と耳を疑った。知り合ったときから無邪気な印象の葵ではあるが、このやりとりの中で、どうして笑っていられるのかがわからない。にこにこと他人事《ひとごと》のようにしている葵に、圭も冷静ではいられないようだ。

葵に詰めより、声を荒らげた。

「——あんたが気を引きたいのは櫻田《さくらだ》さんだろ！　こいつをそれに巻き込むな！」

圭の落とした爆弾に、廊下中がさらにシンと静まり返る。

翔太の脳裏に、面倒見のいい気さくな寮長の顔が浮かぶ。

(櫻田って……、あの櫻田先輩⁉)

恋人同士の口論に出てきた三人目の名前に、周囲は動揺しているようだ。翔太自身も、どう解釈していいのかわからない。

次の瞬間、ふっと、葵の顔から笑みが消えた。

目を細め、唇を小さく尖《とが》らせる。普通の男子高校生に許される表情ではないが、葵がすると壮絶なほど可愛らしく、こんな状況でもドキリとしてしまう。

「だって、タマちゃんばっかり治仁《はるひと》に可愛がられて、ずるいんだもん」

「えっ、おれ⁉」

拗ねた顔でそんなことを言う葵に、翔太は後退《あとずさ》ってしまう。

思いもしない展開に、とても頭がついていかなかった。黒幕である葵に、怒りを覚える余裕もない。


圭が溜息《ためいき》まじりに口を動かす。

「だから、葵さんには近づくなって言ったんだよ」

「え？」

「この人は、お前で遊んでたんだ」

以前受けた圭の忠告が、葵ではなく自分を心配しての言葉だったと知る。

あのときは、てっきり恋人の葵に近づくなと、そう言われたのだと思っていた。以前の圭とはろくに会話も交わさない状態だったのに、それでも自分を気遣ってくれていたのだとわかり、胸が弾む。

圭が腕組みをして言った。

「依藤たちは、うちの学校でも有名な葵さんのシンパで、……信者って言ったほうがいいくらいかもしれないけど」

「……つまり、おれが圭と先輩の仲を邪魔してるって思って、葵先輩のために怒ってたってこと？」

「そうなんだろ？　葵さんのファンって、ちょっとおかしいのが多いんだよ。妄信的《もうしんてき》っていうか。葵さんもそれをわかってて、そいつらを使って遊んでるし」

苦い表情で圭が続ける。

「楽しければなんでもありって人だから。……櫻田さんのこともあったけど、けっきょくは、翔太みたいなタイプがめずらしかったんだろ？　悪びれないぶん、質《たち》が悪いんだよ」

そんなひどい言われようにも、葵は変わらず愉《たの》しげに笑っていた。

「ひどいな、圭。僕のこと、ずっとそんなふうに思ってたの？」

「思ってたんじゃなくて、事実です」

「ふぅん。タマちゃんの言うとおり、圭ってけっこう毒舌だったんだね」

ますますにこやかに笑う葵に、翔太は困惑してしまう。

翔太はふと、圭の二面性が好きだと言っていたような、葵の言葉を思い出した。

圭は葵にも外面で付き合っていたようだが、裏がある者同士、なにか感じることでもあったのだろうか。もちろん翔太は、ふたりが似ているなんて思わないけれど。

葵がくるりと、翔太に顔を向ける。

「ごめんね、タマちゃん」

「……えっ！」

「ちょっとだけ、いじわるしちゃった。でも、まさか依藤くんたちがここまでするなんて、僕も思わなくて」

突然、素直に謝る葵に、翔太はますます混乱した。

それに謝罪を口にしながらも、どこか他人事のようにしている。

「怪我をさせちゃったお詫《わ》びに、これからはいつでも力になってあげるね。なにか困ったことがあったら、僕に言ってきて」

だから許してもらえるかなと、つぶらな瞳で見つめられる。

反射的にうなずく翔太に、葵はパッと表情を綻《ほころ》ばせて大きく腕を広げる。「ありがとう!」とそのままハグされそうになるが、圭に腕を引かれて抱きつかれることはなかった。

圭が牽制《けんせい》するように葵を睨みつける。

「……なにもしなくていいから、こいつにはもう近づかないでください」

「やだなぁ、本当にもうなにもしないのに。これでも僕、タマちゃんのこと、結構好きなんだよ? 反応が大きくて楽しいんだもの」

「もういいです。……行こう」

踵《きびす》を返し、圭が翔太を連れて葵に背を向ける。

被害者でありながら事態を飲み込めず呆然とする翔太に代わり、圭のほうがひどく腹を立てていた。当事者でありながら、なんだか置いてきぼりにされた気分だ。

そうだ、と、背後から葵の声が追いかけてくる。

「あとひとつ、謝ることがあったんだ」

思わず振り返る翔太に、葵がにこやかに告げる。

「この前、街で会ったときのこと、覚えてる？」

「あ、……はい」

忘れられるわけがない。

圭と葵の顔が重なって見えた光景は、今思い出しても胸が苦しくなる。

「本当はあのときね、タマちゃんの目の前で、圭にキスしてみようかなって思ってたんだよ」

「――はい？」

「タマちゃん、めちゃくちゃ怒るだろうなぁって思って」

愉快そうに話す葵の周りに、たくさんの花が飛んで見えた。

本当に、この人はいったいなんなのだろうか。思考回路が謎すぎる。可愛くて無邪気な人だと思っていたが、とんでもない。善悪のつかないただの子供だ。

（……圭って、この学校でもめちゃくちゃ苦労してたんだな）

翔太はそんなことを思い、圭にちらりと同情の視線を向けた。

葵に気に入られて、たとえ外面だけでも何年も親しくするなんて、翔太にはとても無理だ。

こうなってはじめて、圭の苦労を知る。

当の本人は、額に青筋を立てて葵を睨んでいた。

「……冗談ですよね？」

「ちゃんと謝ってるのに、怒らないでよ、潔癖症なんだから。けっきょくはしなかったんだから、いいでしょう?」

葵がにっこりと微笑んだ。

「圭ってやっぱり、僕の好みじゃないんだよね」

＊＊＊

「中二の終わりくらいからかな。なにが楽しいのか、ことあるごとに葵さんに構われるようになって。気がついたら、付き合ってるって噂が流れてたんだよな」

部屋に戻って制服に着替えながら、圭がそんなことを言った。

「気がついたらって、……そんな、他人事みたいな」

「正直、他人事みたいなものだったから」

圭は平然と答える。

「まあ、俺たちも積極的じゃないにしろ、噂を利用してたところはあるか。俺は恋人がいるってことで、周りが静かになって助かってたから。葵さんは葵さんで、櫻田さんの気を引くのに使おうとしてたみたいだし」

「……葵先輩が櫻田先輩をって、マジなんだ」

「マジもなにも、十年越しだって。見込みはないみたいだけど」

欠片《かけら》も興味のない顔で圭が言う。

十年越しの片想いと聞いて、翔太はつい葵に同情してしまった。ひどい目に遭わされはしたが、片想い仲間だったのかと知ると単純なもので親近感を覚える。

ネクタイまで締め終えて、圭が淡々と続けた。

「でも、一番の理由は、いちいち噂を否定するのが面倒だったってことだけどな」

「なにそれっ」

ベッドに座る圭に、翔太は思わず詰めよる。

どこまで面倒くさがりな男だ。いくら周囲に興味がなくても、そこは否定するべきではないだろうかと腹が立つ。

「お前、やっぱ最悪！　おれがどれだけ、そのことで悩んだと……」

「そうは言うけど、俺が葵さんと付き合ってるなんて言ったこと、一度でもあったか？」

「…………ないけど」

ない。確かに、一度もない。

いつだったか、似たようなやりとりをしたことを思い出す。翔太は脱力から、そのまま圭のベッドにどっかりと腰を下ろした。

（おれ、めちゃくちゃバカじゃん）

頭を抱えて、隣に座る圭を見る。

「ていうか、あんな危ない先輩に喧嘩なんか売って、大丈夫なのかな」

さあ、と圭が肩を竦《すく》めた。

「葵さんはわからないけど、依藤たちはうるさいかもね。俺のことは、元から目障りだっただろうし。……それに、あんなふうに騒ぎを起こして、これも剝奪《はくだつ》かも」

えんじのネクタイを指でつまむ圭に、翔太は一気に青ざめる。

「えっ、ど、どうしよ！」

「べつにいいよ」

「いいって、そんなわけないだろ」

「本当にいいんだって」

圭が落ち着き払ってそう答えた。

「言っただろ？　腹を括ったって。くだらないことをいちいち気にするのは、もうやめにしたから」

その表情には、すこしも後悔なんてない。

きっぱりとよく通る圭の声に、翔太の胸が弾んだ。面倒くさがりな圭だけど、そう言いきる圭の横顔はかっこいい。

翔太は上体を屈めて、上機嫌で圭の顔を覗き込んだ。

「なあ、ちゅうしていい？」

にこにこと尋ねるが、返事は待たない。そのまま、蛸《たこ》のように唇を突き出して圭の顔に近づけた。

しかし翔太のキスは、圭のてのひらで阻まれてしまった。

「――ぶっ」

「今は無理」

「なんでっ」

まさか断られるとは思っていなかった。おれたち付き合ってるんだよなと、翔太は地味に、しかし激しくショックを受けてしまう。

哀しいのと不満とでふくれっ面になる翔太から目を逸らし、圭が小さく呟いた。

「一回はじめたら、やめられなくなるだろ」

澄まし顔でそんなことを言っているけれど、その耳がかすかに赤い。

（……照れてる？）

またひとつ、はじめて見る圭の姿に、胸の奥がぎゅっとなった。

知れば知るほど、圭のことをもっと好きになれる。この気持ちには限りがないらしいと知って驚いた。翔太は嵐のような衝動に駆られ、たまらず圭をベッドに押し倒す。

「翔太!」

まばたきをして見上げる圭に、翔太はいたずらっぽい笑みを浮かべた。

「いいじゃん、やめなくて。どうせもう昼だし、今日くらい休んでいいだろ?」

「だめだって」

それでも流されない優等生に、翔太はムッと眉をひそめる。

「……でも、今なら、寮におれたちだけなのに」

そんな翔太の囁きに、圭がピタリと動かなくなる。

翔太と圭、ふたりだけの部屋ではあるけれど、隣室や廊下とを隔てる壁は薄い。もちろん、防音でもない。これから先、恋人としての付き合いには周囲への配慮が必要になるということに、圭も気づいたようだ。

揺れている様子の圭に、翔太が目を光らせる。

「こんなチャンス、もうないかも」

だめ押しとばかりに続けると、圭は小さく溜息をついた。

「……けっきょく、翔太には勝てないのかな」

「え?」

「なんでもない」

圭はそう言ってくすりと笑い、諦《あきら》めたように翔太の頭に手を回す。
それからぐっと引きよせて、深い恋人のキスをくれた。

あとがき

はじめまして、田知花千夏《たちばなちか》です。このたびは拙作をお手にとってくださり、本当にありがとうございます。

今作は、キャラ文庫さんではじめての本となります。大好きなレーベルさんで緊張していますが、とても嬉しいです。

そして、はじめての高校生ものです！

高校生、高校生……、素晴らしい響きですね！

実は私、高校生BLが大好きで、ちょっと大げさかもしれませんが、高校生さえ書いていればそれだけで満足なくらいです（笑）。笑ったり、悩んだり、壁にぶつかったりしながら、それでもがむしゃらに恋をするキラキラした甘酸っぱさがたまりません。

今回は、同じような環境で育った正反対なふたりが、お互いに惹かれながらも一筋縄ではいかない、そんな恋愛を書きたいなと取り組んだお話でした。

……とはいえ、実はプロットの段階ではラブコメからはじまったお話で、そんなテーマは執筆途中でムクムクと浮かび上がってきたものでした。おかげで担当様には気が遠くなるくらいご迷惑をかけてしまいました。

それでも、書きたいものになるようにと気長に的確なご指導をくださり、本当に頭が上がりません。この本は担当様の忍耐と慈愛でできているといっても過言ではないのです。ありがとうございました！　これからもよろしくお願いいたします！

翔太《しょうた》も圭《けい》も櫻田《さくらだ》も葵《あおい》も、みんな私にとって大切なキャラクターです。なにより、高星麻子《たかぼしあさこ》先生に素敵なイラストを描いていただけたことで、ますます大好きになりました！　カラーイラストを拝見したときは、その鮮やかさに目を惹かれ、パソコンの前からしばらく動けませんでした。翔太も圭も、格好いいです！　大好きです！　本作に素晴らしい彩りを与えてくださり、ありがとうございました。

私としては、今の私にできる精一杯を注ぎ込んだつもりです。読者さまには、すこしでも楽しんでいただければよいのですが、いかがでしたでしょうか。……葵とか（笑）。癖はあるけど私はすごく好きですよ、とここでフォローをしてみたり。もしもよろしければ、感想など、お聞かせいただけますと幸いです。


それでは、あとがきまでお付き合いくださり、ありがとうございました。

また、どこかでお目にかかれますことを願っております。

田知花　千夏

この本を読んでのご意見、ご感想を編集部までお寄せください。

《あて先》〒105－8055　東京都港区芝大門2－2－1　徳間書店　キャラ編集部気付
「男子寮の王子様」係

■初出一覧

Chara

男子寮の王子様

……【キャラ文庫】

2014年5月31日 初刷

著者 田知花千夏
発行者 川田 修
発行所 株式会社徳間書店
〒105-8055 東京都港区芝大門2-2-1
電話048-451-5960(販売部)
03-5403-4348(編集部)
振替00140-0-44392

印刷・製本 図書印刷株式会社
カバー・口絵 近代美術株式会社
デザイン 百足屋ユウコ(ムシカゴグラフィクス)

定価はカバーに表記してあります。

本書の一部あるいは全部を無断で複写複製することは、法律で認められた場合を除き、著作権の侵害となります。

乱丁・落丁の場合はお取り替えいたします。

© CHIKA TACHIBANA 2014
ISBN978-4-19-900751-4

キャラ文庫最新刊

これでも、脅迫されてます

いおかいつき
イラスト◆兼守美行

敵対するヤクザとして、元同級生の青志《せいじ》と再会した章良《あきら》。なぜか青志に引き抜きを持ちかけられたうえ、抱かせろと迫られて!?

男子寮の王子様

田知花千夏
イラスト◆高星麻子

か弱い従兄弟の圭《けい》を守るため、全寮制男子校に入学した翔太《しょうた》。ところが圭は、王子様のような美貌の、人気者に変貌していて!?

18センチの彼の話

水無月さらら
イラスト◆長門サイチ

高校生の恵太《けいた》の前に突然現れたのは、体長18センチのイケメン妖精・理人《りひと》!! 不思議に思いながらも、理人に恋心を抱き始め…!?

6月新刊のお知らせ

犬飼のの ［ジュラシック・ラヴァーズ(仮)］ cut／笠井あゆみ
杉原理生 ［制服と王子(仮)］ cut／井上ナヲ
樋口美沙緒 ［予言者は眠らない］ cut／夏乃あゆみ
松岡なつき ［FLESH《フレッシュ》&BLOOD《ブラッド》㉒］ cut／彩
吉原理恵子 ［二重螺旋9(仮)］ cut／円陣闇丸

6月27日(金)発売予定

お楽しみに♡